ハリー・ポッター
クイズ
QUIZ 1000

ホグワーツ魔法クイズ研究会・編

二見書房

もくじ

まえがき ─────── 3
本書のつかいかた ─────── 4

第1章 ハリー・ポッターと賢者の石
Question(しつもん) ─────── 6
Answer(こたえ) ─────── 44
成績表(せいせきひょう) ─────── 49

第2章 ハリー・ポッターと秘密の部屋
Question(しつもん) ─────── 52
Answer(こたえ) ─────── 90
成績表(せいせきひょう) ─────── 95

第3章 ハリー・ポッターとアズカバンの囚人
Question(しつもん) ─────── 98
Answer(こたえ) ─────── 136
成績表(せいせきひょう) ─────── 141

第4章 ハリー・ポッターと炎のゴブレット
Question(しつもん) ─────── 144
Answer(こたえ) ─────── 182
成績表(せいせきひょう) ─────── 187

コラム 魔法界のこと、もっと知りた～い！
ホグワーツ篇・マグル篇 ─────── 50
教育篇・生活篇 ─────── 96
呪文篇・交通篇 ─────── 142

魔法使い・魔女事典 ─────── 188

はじめに

大好きなハリーや、ロン、ハーマイオニーがいる、不思議でエキサイティングな魔法界の物語。1〜4巻まで、もう何度も何度も読みかえしてしまって、早く続きが読みた〜い！ と5巻の発売を心待ちにしている人も、きっと多いことでしょう。どうせ待つのなら、より楽しくすごしたいもの…。

この本は、「賢者の石」「秘密の部屋」「アズカバンの囚人」、そして最新刊の「炎のゴブレット」に登場する、さまざまなエピソードについてのクイズを集めたものです。今まで登場した魔法使い・魔女たちやいろいろなできごとを思い出しながら、ヴォルデモートと向かい合ったハリーのように、全力をこめて挑戦してみてください。

Harry Potter

本書の
つかいかた

　この本では、「賢者の石」「秘密の部屋」「アズカバンの囚人」「炎のゴブレット」からそれぞれ250問ずつ、全部で1000の問題を用意しました。ハーマイオニーに負けず、優秀な成績をめざしてください。

　問題はそれぞれの物語ごとに、やさしい、ふつう、むずかしいの3段階にわかれています。正解なら、やさしい…1点、ふつう…3点、むずかしい…5点獲得。見事正解だったら、□にチェック(check!)を入れておきましょう。どうしてもわからないところがあったら、巻末の『魔法使い・魔女事典』を参考にしてください。全部終わったら、物語ごとに計算して、自分の成績がどれぐらいのレベルなのかわかるので、お楽しみに！　あなたの実力はどれくらいかな…？

注意：計算をまちがえないでね…。

第1章

ハリー・ポッターと賢者の石

孤児としておじさん一家に育てられたハリー・ポッターは、11歳の誕生日に自分が魔法使いであることを知ります。すべてが驚きの魔法界。新しい友だちとの出会い。夢のようなホグワーツでの日々。両親の死と額の傷の秘密。そして、知恵を勇気をふりしぼった冒険…。世界中にハリー旋風を巻き起こしたシリーズ第1巻です。

ハリー・ポッターと賢者の石
入門Class

check!

 ハリーのおじさんの苗字は、ウィーズリー、ダーズリー、ストロベリー？

 蛙チョコレートのおまけは、写真入りのカード、本物の蛙、ダンブルドア校長のフィギア？

 傷がついているのは、ハリーの額、鼻、頬？

 禁じられた廊下があるのは、ホグワーツの3階、4階、5階？

 ハリーをホグワーツ魔法魔術学校に連れて行ってくれたのは、箒、ふくろう便、ホグワーツ特急？

 命の水を生み出すのは、学者の石、医者の石、賢者の石？

Question

難易度
★
やさしい

check!

「ク」で始まる銅貨の名前は、クナート、クヌート、クノート？

クィレル先生がいつもかぶっているのは、ターバン、ベレー帽、シルクハット？

ハリーは右利き、それとも左利き？

ロンのお母さんがクリスマスにハリーに作ってくれたのは、チョコレートケーキ、セーター、手袋？

スリザリンの旗に描かれているのは、アナグマ、ヘビ、ライオン？

ホグワーツ特急が出発するのは、クイーンズ・クロス駅、プリンセス・クロス駅、キングズ・クロス駅？

check!

13 賢者の石はあらゆる金属を何に変えることができる？ 黄金、ダイヤモンド、石？

14 ホグワーツの入学案内が届いたのは、ハリーが何歳のとき？ 10歳、11歳、12歳？

15 ダーズリー夫妻は、ハリーの両親がなんの事故で亡くなったと言っていた？ 飛行機事故、列車事故、自動車事故？

16 「例のあの人」とは、ダンブルドア校長、ヴォルデモート、ハリー？

17 ユニコーンの血は、金色、銀色、虹色？

18 ダーズリー家がある通りの名前は、プリベット通り、パリベット通り、ポリベット通り？

19 賢者の石を守っている三頭犬の名前は、ピーブズ、フラッフィー、スキャバーズ？

難易度
★
やさしい

check!

 ウェールズ・グリーン普通種、ヘブリディーズ諸島ブラック種…。どんな生き物？ ドラゴン、ゴースト、マグル？

 ハリーがクリスマスを過ごしたのは、ダーズリー家、ルーマニア、それともホグワーツ？

 銀色の小さな羽根がついてるのは、クィディッチのクアッフル、ブラッジャー、スニッチ？

 グリフィンドールが対抗杯を獲得できたのは、最後に誰が10点を与えられたから？ ハリー、ネビル、ハーマイオニー？

 ホグワーツ特急が発着するのは、9と3/4番線、9と2/4番線、9と1/4番線？

 ダーズリー氏の名前は、ダドリー、バーノン、ペチュニア？

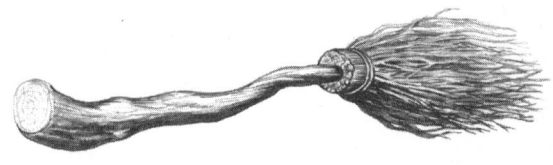

check!

26 フラッフィーの飼い主は、ロン、ハグリッド、フレッド？

27 ヴォルデモートはハリーの両親のどちらを先に殺した？

28 ドラコがいるのは、グリフィンドール、レイブンクロー、スリザリン？

29 赤ん坊のハリーをオートバイに乗せてプリベット通りまで連れてきたのは、マクゴナガル先生、スネイプ先生、ハグリッド？

30 クィディッチは1チーム何人？ 5人、6人、7人？

31 フローリシュ・アンド・ブロッツ書店があるのは、ダイアゴン横丁、ホグワーツ、キングズ・クロス駅？

32 ハリーがはじめてクィディッチの試合に出たとき対戦したのは、レイブンクロー、スリザリン、ハッフルパフ？

難易度
★
やさしい

check!

33 クィレル先生のターバンの下に潜んでいたのは、ニコラス・フラメル、ヴォルデモート、アーサー・ウィーズリー？

34 透明マントのハリーの前の持ち主は、ハリーの父、祖父、曾祖父？

35 ミセス・ノリスという猫を飼っているのは、マダム・ピンス、ハグリッド、フィルチ？

36 ハリーがみぞの鏡を見たときに映ったのは、ニンバス2000、両親、ダーズリー夫妻？

37 クィディッチの試合中、シーカーがスニッチを捕まえると、試合終了、反則、−100点？

38 ホグワーツの管理人は、ダンブルドア校長、フィルチ、マクゴナガル先生？

39 ハリーのクラスで、ウィンガーディアム　レヴィオーサの呪文を誰よりも早くマスターしたのは、ハリー、ロン、ハーマイオニー？

check!

40 ニコラス・ド・ミムジー-ポーピントン卿のニックネームは、ほとんど首なしニック、ほとんど足なしニック、ほとんど脳なしニック？

41 ハリーの最初の箒は、ニンバス1000、ニンバス2000、ニンバス3000？

42 スリザリンのクィディッチのユニフォームは、緑色、黄色、赤？

43 ロンの兄、チャーリーがドラゴンの研究をしてるのは、エジプト、ルーマニア、日本？

44 クィディッチのグリフィンドール対スリザリン戦、先取点を入れたのはどちらのチーム？

45 ロンが飼ってるねずみの名前は、スキャバーズ、パーシー、ファング？

46 チェイサーの数は1チーム1人、2人、3人？

難易度
★
やさしい

check!

ダーズリー家で、10年以上もハリーの寝室として使われていたのは、階段下の物置、トイレ、ガレージ？

はじめて出たクィディッチの試合で、ハリーの箒が何者かに呪いをかけられたとき、ハーマイオニーとロンはそれを誰のしわざだと考えた？ クィレル先生、スネイプ先生、フリットウィック先生？

バーティーボッツから出ているお菓子は、百味ビーンズ、百味チョコレート、百味キャンデー？

クアッフルは次のうちどれと同じくらいの大きさ？ ゴルフボール、テニスボール、サッカーボール？

ホグワーツにある寮の数は、4つ、6つ、8つ？

組分けの時、ハリーが絶対に入りたくないと思ったのは、スリザリン、グリフィンドール、レイブンクロー？

Question

check!

53 ハリーのおばさん、ダーズリー夫人の名前は、モリー、ペチュニア、ミネルバ？

54 太った修道士の幽霊が卒業したのは、レイブンクロー、それともハッフルパフ？

55 本屋とレコード店のあいだにあるパブの名前は、漏れ鍋、割れ鍋、壊れ鍋？

56 ホグワーツで先生や生徒が食事をする場所は大広間である。○か×か？

57 ロンの髪の色は、黒、ブロンド、赤？

58 ハグリッドが長年飼いたいと願っていたのは、ドラゴン、蛙、アライグマ？

59 ヴォルデモートの目は赤い。○か×か？

難易度
★
やさしい

check!

60 賢者の石を探すハリーたちの行く手を阻んだのはどんなゲームの巨大版？ 野球、チェス、トランプ

61 ホグワーツの新学年が始まるのは、8月1日、9月1日、それとも10月1日？

62 アンジェリーナ・ジョンソンは、スリザリンのチェイサー。○か×か？

63 クィディッチの年度最終戦に勝ったのは、レイブンクロー、それともグリフィンドール？

64 禁じられた森で最初に赤い火花を打ち上げたのは、ドラコ、ネビル、ハリー、ハーマイオニーのうち誰の杖？

65 漏れ鍋は魔法使いの修理工場、パブ、それともカフェ？

check!

 グリフィンドールの監督生なのはウィーズリー兄弟の誰？ ロン、ジニー、パーシー？

 ハリーの学年で試験の成績が一番よかったのは、ハーマイオニー、それともハリー？

 ハリーの髪の色は、黒、赤、茶？

 シックル硬貨は銀色、それとも金色？

 ハリーのクィディッチでのポジションは、チェイサー、シーカー、ビーター？

 ハリーの額に傷をつけた杖は、オリバンダーの店で売られていた。○か×か？

ハリー、ハーマイオニー、ネビル、ドラコが処罰を受けるために行かされた場所は、禁じられた森、図書室、医務室？

難易度
★
やさしい

check!

73 ハリーの額の傷跡はなんの形？ 稲妻型、雲形、月形？

74 プリベット通りを訪れたマクゴナガル先生はどんな動物の姿をしてた？ トラ猫、シャム猫、三毛猫？

75 ホグワーツの鍵の番人は、ヴォルデモート、ハグリッド、ダンブルドア校長？

76 クィディッチの試合中、スネイプ先生のローブに火をつけたのは、ハーマイオニーである。○か×か？

77 ハリーのペットのふくろうの名前は、ヘドウィグ、スキャバーズ、ダドリー？

78 ほとんど首なしニックは、グリフィンドール寮に住んでる幽霊。○か×か？

79 地下室にトロールがいると言ったあと気を失ったのは、スネイプ先生、それともクィレル先生？

check!

80 イーロップのふくろう百貨店があるのは、ダイアゴン横丁、プリベット通り、ホグワーツ？

81 グリンゴッツ銀行の金庫を守っていると噂されているのは、フラッフィー、ドラゴン、ケンタウルス？

82 フリットウィック先生は授業のあいだ積み上げた本の上に乗っている。○か×か？

83 ドラコといつも一緒にいるのは、クラッブとゴイル、それともフレッドとジョージ？

84 マクゴナガル先生はホグワーツの副校長、それとも理事長？

85 ロンとハリーが叱られないよう、トロールの件で嘘をついたのは。ドラコ、ハーマイオニー、スネイプ先生？

86 マクゴナガル先生からの手紙を届けるために、海のかなたの岩までやってきたのは、ハグリッド、それともヴォルデモート？

難易度
★
やさしい

check!

 透明マントをハリーに渡したのは、ダンブルドア校長、それともマクゴナガル先生？

 ウィーズリー家の双子の名前は、フレッドとジョージ、それともチャーリーとパーシー？

 ハグリッドが読んでるのは、日刊予言者新聞、週刊予言者新聞、月刊予言者新聞？

 マクゴナガル先生が担当している科目は、クィディッチ、変身術、それとも占い学？

ハリー・ポッターと賢者の石
普通Class

check!

91 その昔、スネイプ先生の命を救ったのは誰？

92 ハロウィーンの日に現れたトロールは、どのくらいの背丈があった？ 2メートル、3メートル、4メートル、それとも5メートル？

93 ネビルに足縛りの呪いをかけたのは誰？

94 漏れ鍋の裏にある横丁は何？

95 グリンゴッツの魔法銀行で働いているのはどんな生き物？

96 腰から上が人間で、腰から下が馬という生き物はなんという種族？

Question

難易度
★★
ふつう

check!

97 ハリーの11歳の誕生日、ハグリッドからのプレゼントは何？

98 ハグリッドがドラゴンの卵を手に入れたのは、三本の箒、ホッグズヘッド、それとも漏れ鍋？

99 ビンズ先生が担当しているのはなんという科目？

100 医務室に面会に来たハグリッドがハリーに渡した大きな革表紙の本には、何が貼られていた？

101 魔法使いの道具のなかで、原則的に1年生が持つことを禁止されているのは何？

102 箒を使った飛行訓練をハリーが教わったのは誰？

Question

check!

103 ハリーのお母さんの名前は？

104 ダーズリー氏の会社はどんな工具を作ってる？ 穴あけドリル、ネジ、ノコギリ？

105 ホグワーツの1年生が飼育を許可されている3種類の生き物はふくろうと猫と、もうひとつは何？

106 「この子は生まれつきそうなんです」と言って、ハリーの箒乗りの才能を誉めたのは誰？

107 ロンの兄・ビルのホグワーツ在学中の成績は何番？

108 ハリーが箒に乗って捕まえた、片方の羽根が折れた鍵は金色、それとも銀色？

109 ダンブルドア校長がプリベット通りの街灯を消すのに使った道具は？

難易度 ★★ ふつう

check!

110 スリザリンの年間総合得点数は、397点、463点、472点、それとも497点？

111 ハリーが2回目に出場したクィディッチの試合で審判を務めたのは誰？

112 禁じられた廊下へと通じる扉の鍵を魔法を使って開けたのは誰？

113 ホグワーツの1年生に必要のない学用品は、杖、真鍮製はかり一式、顕微鏡、それとも大鍋？

114 ハリーをプリベット通りまで連れて行くとき、ハグリッドが乗っていたオートバイは誰から借りたもの？

115 ハグリッドがハリーに贈ったクリスマス・プレゼントは何？ 木の横笛、金の横笛、銀の横笛？

check!

116 1シックルは28、29、30クヌートのうちどれ？

117 ハグリッドがホグワーツから退学処分を受けたとき、彼の杖はどうなった？

118 命の水を飲んだ人はどうなる？

119 ビル・ウィーズリーが勤務してるのは何銀行？

120 マグルとは何のこと？

121 最後の部屋で、ハリーが見つけたものは？

122 ダイアゴン横丁にある、魔法使いの衣料品を売っている店の名前は？

難易度
★★
ふつう

check!

123 誕生日に、ビデオレコーダーと、ラジコン飛行機と、8ミリカメラと、新しいコンピューター・ゲーム16本を一度にもらったのは誰?

124 フレッドとジョージのクィディッチのポジションは? チェイサー、シーカー、ビーター?

125 みぞの鏡には、見ている人の何が映る?

126 ダンブルドア校長の金時計には針が何本ある? 12本、それとも10本?

127 ハグリッドのドラゴンに噛まれたあと、ロンはどこに連れていかれた?

128 ハリーが図書館の閲覧禁止の棚から本を取り出したとき、どうなった?

129 ハリーのお父さんの名前は?

Question

check!

130 ハリーとはじめて会ったとき、ネビルは何を探してるところだった？

131 ウィーズリー兄弟の両親は、どこの寮の卒業生？

132 スリザリン寮に住んでる幽霊は誰？

133 1ガリオンは何シックル？ 7、14、17、それとも21シックル？

134 ハグリッドが赤ん坊のドラゴンにつけた名前は何？

135 ホグワーツにはいくつ階段がある？ 72、92、142、それとも192？

136 ハグリッドが飼っている犬の名前は？

難易度
★★
ふつう

check!

137 ねずみを嗅ぎたばこ入れに変える課題を出したのはどの先生?

138 フローリシュ・アンド・ブロッツではどんなものを売ってる?

139 ケンタウルスのフィレンツェは、ユニコーンを殺したのは誰だと思ってる?

140 ホグワーツから戻ったハリーをキングズ・クロス駅まで迎えにきていたのは?

141 スネイプ先生の名前はアルバス、セブルス、ミネルバ?

142 優等生のハーマイオニーが唯一負けてしまう、苦手なゲームは何?

143 ハリーはハグリッドに連れていってもらう前に、ロンドンに何回行ったことがある?

Question

check!

144 思いだし玉とはどういうもの？ 記憶回復装置、翻訳装置、それとも魔法使いの電卓？

145 ダンブルドア校長が医務室で食べた百味ビーンズは何味？

146 ダンブルドア校長のお気に入りのスポーツは、クリケット、ボウリング、サッカー？

147 フリットウィック先生が教えている科目は何？

148 ねずみのスキャバーズの最初の飼い主は誰？

149 スニッチと大きさがだいたい同じなのは、胡桃、ピーナッツ、グレープフルーツ、それともメロン？

150 ハリーを背中に乗せて、危険な場所から救い出してくれたケンタウルスの名前は？

難易度
★★
ふつう

check!

151 ガリオンは金貨、銀貨、それとも銅貨?

152 ハリーがみぞの鏡がある部屋を3度目に訪れたとき、そこにいたのは誰?

153 ダーズリー氏がハグリッドに立ち向かったとき、持っていた武器は何?

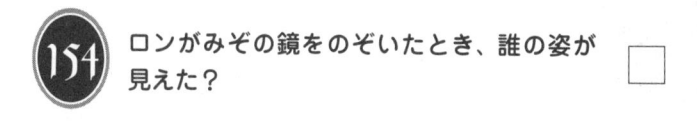

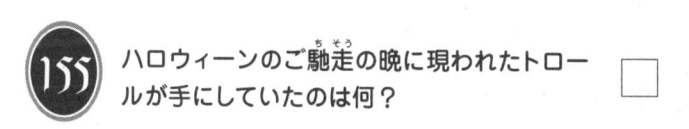

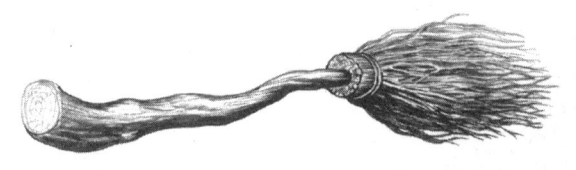

154 ロンがみぞの鏡をのぞいたとき、誰の姿が見えた?

155 ハロウィーンのご馳走の晩に現われたトロールが手にしていたのは何?

156 はじめて透明マントを着たとき、ハリーはどこに向かった?

Question

check!

157 ポッター一家が住んでいたのは？ ゴドリックの山、ゴドリックの谷？

158 ヴォルデモートが唯一恐れているとされる人物は誰？

159 クィディッチで使われる2つの黒いボールの名前は？

160 クィディッチで一番よく怪我をするのは、どのポジションの選手？

161 ホグワーツ特急はキングズ・クロス駅を何時に出発する？

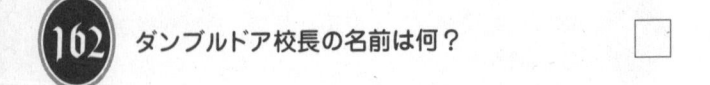

162 ダンブルドア校長の名前は何？

163 ウィンガーディアム レヴィオーサはどんなことをする呪文？

難易度
★★
ふつう

check!

164 ハーマイオニーに全身金縛りの術をかけられたのは誰？

165 ハグリッドが、魔法を使ってダドリーの体にくっつけたのは、どんな動物のどこの部分？

166 ホグワーツで薬草学を教えてるのは誰？

167 魔法省の大臣は誰？

168 マクゴナガル先生の名前は何？

169 ハリーたちは、フラッフィーの前を無事に通り過ぎるのにどんな楽器を使った？

170 ハリーに会ったことを報告するために、ハグリッドが手紙を送った相手は？

ハリー・ポッターと賢者の石
難関Class

check!

171 ニコラス・フラメルの年齢はいくつ？ 65歳、365歳、665歳？

172 賢者の石を保管してあったのは、グリンゴッツ銀行の何番金庫？

173 入学して1週間のあいだに、ハリーがグリフィンドール寮のために獲得した得点は？ 2点、3点、マイナス2点、それともマイナス3点？

174 ダドリー・ダーズリーの悪友4人組のメンバーは誰？ 2人、名前をあげてください。

175 ダンブルドア校長が編み出したドラゴンの血の利用法はいくつ？

176 スリザリンは寮対抗杯を何年連続して獲得した？

Question

難易度 ★★★ むずかしい

177 試験が終わったあと、フレッド、ジョージ、リー・ジョーダンは、湖でどんな生き物の足をくすぐってた？

178 ロコモーター モルティスとは、どんな呪文？

179 冬用マントのボタンは何色？

180 ダンブルドア校長は、ハリーの勇気をたたえてグリフィンドール寮に何点与えた？

181 妖精の魔法の実技試験で、どんなフルーツにタップダンスを踊らせることができるか試された？

182 トロールの一件で、ハーマイオニーは寮の得点を何点減点された？

Question

check!

183 ニンバス2000の柄は何の木でできてる？

184 ディーン・トーマスの好きなスポーツは何？

185 クィディッチにはいくつ反則がある？ 700、800、900？

186 黒い炎を通り抜けて賢者の石のほうへ行くには、一番小さな瓶と一番大きな瓶のどちらを飲めばいい？

187 ダンブルドア校長の左膝の上にあるのは、どんな形の傷跡？

188 ニコラス・フラメルが住んでるのは、イギリスの何州？

189 ハーマイオニーがフリットウィック先生の試験で取った点数は、100点、112点、120点？

難易度
★★★
むずかしい

check!

190 オリバンダーの店で買ったハリーの杖の代金は5ガリオン、6ガリオン、7ガリオン？

191 医務室にいるハリーに、フレッドとジョージが届けようとしたプレゼントは何？

192 ダーズリー氏が見ていたテレビの最後のニュース、天気予報の担当者は？

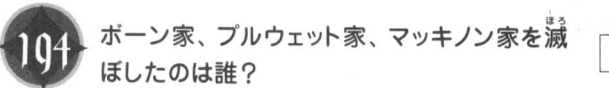

193 ダーズリー氏の会社の名前は何？

194 ボーン家、プルウェット家、マッキノン家を滅ぼしたのは誰？

195 ホグワーツ特急のなかで、ハリーはいくら分のお菓子を買った？

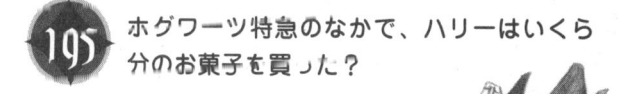

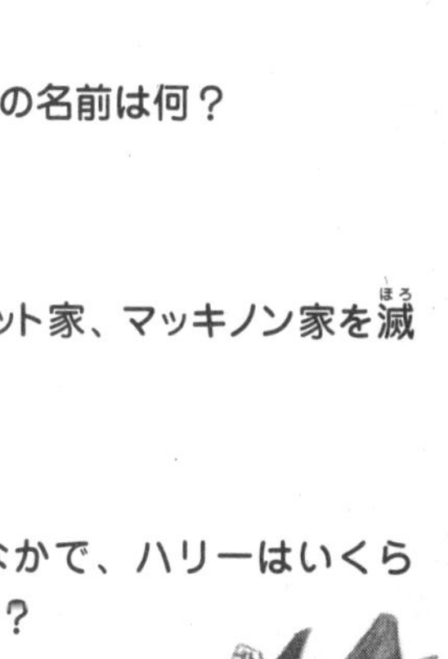

check!

196 ウィーズリー兄弟の中で、クィディッチのキャプテンだったのは誰?

197 ハリー、ハーマイオニー、ロンは、仕掛け扉のむこうに飛び降りたとき、どんな植物の上に着地した?

198 ハリーが、ダドリーの誕生日になるとたいてい預けられていたおばあさんの名前は何?

199 試験用に、特別に羽根ペンにかけられたのはどんな魔法?

200 ダドリーの誕生祝いに動物園に行ったとき、ハリーが逃がしてあげたヘビの種類は何?

201 ハリーたちは、禁じられた森で傷ついたユニコーンを見つけたら何をするように言われた?

202 組分け儀式のとき、一番最初に名前を呼ばれたのは?

難易度
★★★
むずかしい

check!

203 夜中にうろついていたハリーたちを捕まえて、グリフィンドール寮の得点を150点減点したのは誰？

204 ハリーとドラコは、フードに包まれた影がユニコーンのかたわらに身を屈めて、何をしているところを目撃した？

205 スネイプ先生とクィレル先生が密談するために会っていた場所はどこ？

206 オレンジ色のニッカーボッカーに麦わらのカンカン帽…。さて、どこの学校の制服？

207 ハグリッドが飼っていたドラゴンは何種？

208 ミリセント・ブロストロードがいるのはどこの寮？

209 ハーマイオニーの両親の職業は？

Question

check!

210 ハリーのお父さんと同時期をホグワーツで過ごした先生は誰？

211 ホグワーツからハグリッドのドラゴンを連れ出すために、何人の魔法使いがやってきた？

212 ネビルの大おじさんの名前は？

213 ハリーがはじめて出場したクィディッチの試合は何月に行われた？

214 グリンゴッツ侵入事件が起きたのは何月何日？

215 スリザリンのクィディッチ・チームで、テレンス・ヒッグズのポジションは？

216 ドラゴンの赤ちゃんには、ブランデーに何の血を混ぜたものを与える？

難易度
★★★
むずかしい

check!

217 ハリーが行くはずだった地元の公立学校は？

218 ダンブルドア校長がグリンデルバルドを破ったのは何年？

219 フィレンツェの目は何色？

220 ホグワーツ入学後の最初の一週間で、ハリーが一番いやだった授業は何？

221 ハリーが2度目に出場したクィディッチの試合時間は何分？

222 ダンブルドア校長がみぞの鏡を覗き込んだとき何が見えた？

223 ベアゾール石はどの動物の胃から取り出される？

Question

check!

224 ハリーが魔法薬学の授業で使ったユニコーンの体の一部は何？ 2つのうち1つ挙げてください。

225 ハリーがダーズリー家からクリスマス・プレゼントでもらったものは何？

226 ハリーのお父さんの杖はなんの木でできてた？

227 それぞれにホグワーツからの手紙を入れてダーズリー家に届けられた24個の物体は何？

228 小鬼のグリップフックはどこで働いてる？

229 ハグリッドは、ペットのドラゴンが寂しくないよう何を持たせてやった？

230 奥さんの名前はペレネレ…。誰のこと？

難易度
★★★
むずかしい

check!

231 ハリーとの決闘で、ドラコの介添人は誰がなる予定だった？

232 パンジー・パーキンソンがいるのはどこの寮？

233 ハリーがはじめてクィディッチの試合に出たとき、ロンやハーマイオニーたちが持っていた旗にはなんと書かれてあった？

234 賢者の石に向かって進んでいく途中、ハリーがそっとまたいでいった、気絶した生き物は何？

235 1年生が受けた最後の試験科目は何？

236 ハグリッドの新聞を届けてくれたふくろうに、ハリーはどの硬貨で配達料を支払った？

Question

check!

237 ダンブルドア先生はロンのチェスの見事な試合ぶりをたたえて、グリフィンドールに何点与えた？

238 クィディッチの試合の実況放送をしたのは誰？

239 思いだし玉は何でできてる？

240 カブート ドラコニスとは、どこに入るための合言葉？

241 ホグワーツの1年生は、普段着の黒のローブを何着持っていなければいけない？

242 パディントン駅でハグリッドがハリーに買ってくれた食べ物は？

243 クィディッチで、クアッフルを相手ゴールの輪に入れると何点？

難易度 ★★★
むずかしい

check!

244 ハリー、ロン、ネビル、ドラコの4人が処罰を受けるために呼び出されたのは何時?

245 ハリーのお母さんの杖は何の木でできてた?

246 ネビルは最初の飛行訓練のときどこを怪我した?

247 ハリー宛の手紙から逃れるために、バーノンおじさんが家族とハリーを連れていったのは、なんという名前のホテル?

248 バーノンおじさんの母校の名前は?

249 ハリーから「クィディッチ今昔」を没収したのは誰?

250 妖精の魔法の授業ではじめて物を飛ばす練習をしたとき、ハリーのパートナーになったのは誰?

Answer こたえ

入門クラス　　　　　　　　難易度 ★ やさしい

1. ダーズリー
2. 写真入りのカード
3. 額
4. 4階
5. ホグワーツ特急
6. 賢者の石
7. クヌート
8. ターバン
9. 右利き
10. セーター
11. ヘビ
12. キングズ・クロス駅
13. 黄金
14. 11歳
15. 自動車事故
16. ヴォルデモート
17. 銀色
18. プリベット通り
19. フラッフィー
20. ドラゴン
21. ホグワーツ
22. スニッチ
23. ネビル
24. 9と3/4番線
25. バーノン
26. ハグリッド
27. 父
28. スリザリン
29. ハグリッド
30. 7人
31. ダイアゴン横丁
32. スリザリン
33. ヴォルデモート
34. ハリーの父
35. フィルチ
36. 両親
37. 試合終了
38. フィルチ
39. ハーマイオニー
40. ほとんど首なしニック
41. ニンバス2000
42. 緑色
43. ルーマニア
44. グリフィンドール
45. スキャバーズ
46. 3人
47. 階段下の物置
48. スネイプ先生

49. 百味ビーンズ
50. サッカーボール
51. 4つ
52. スリザリン
53. ペチュニア
54. ハッフルパフ
55. 漏れ鍋
56. ○
57. 赤
58. ドラゴン
59. ○
60. チェス
61. 9月1日
62. ×　グリフィンドールのチェイサー
63. レイブンクロー
64. ネビル
65. パブ
66. パーシー
67. ハーマイオニー
68. 黒
69. 銀色
70. シーカー
71. ○
72. 禁じられた森
73. 稲妻型
74. トラ猫
75. ハグリッド
76. ○
77. ヘドウィグ
78. ○
79. クィレル先生
80. ダイアゴン横丁
81. ドラゴン
82. ○
83. クラッブとゴイル
84. 副校長
85. ハーマイオニー
86. ハグリッド
87. ダンブルドア校長
88. フレッドとジョージ
89. 日刊予言者新聞
90. 変身術

普通クラス　　　　難易度 ★★ ふつう

91. ハリーの父
92. 4メートル
93. ドラコ
94. ダイアゴン横丁
95. 小鬼
96. ケンタウルス
97. ふくろう
98. ホッグズヘッド
99. 魔法史
100. ハリーの両親の写真

Answer
こたえ

101. 箒	102. マダム・フーチ
103. リリー	104. ドリル
105. ヒキガエル	106. マクゴナガル先生
107. 首席	108. 銀色
109. 灯消しライター	110. 472点
111. スネイプ先生	112. ハーマイオニー
113. 顕微鏡	114. シリウス・ブラック
115. 木の横笛	116. 29クヌート
117. 真っ二つに折られた	118. 不老不死になる（永遠に生き続ける）
119. グリンゴッツ	120. 魔法が使えない人々
121. みその鏡	122. マダムマルキンの洋装店
123. ダドリー	124. ピーター
125. 一番強いのぞみ	126. 12本
127. 医務室	128. 本が叫び声を上げた
129. ジェームズ	130. ペットのヒキガエル
131. グリフィンドール	132. 血みどろ男爵
133. 17シックル	134. ノーバート
135. 142	136. ファング
137. マクゴナガル先生	138. 本
139. ヴォルデモート	140. ダーズリー氏
141. セブルス	142. チェス
143. 一度もなし	144. 記憶回復装置
145. 耳くその味	146. ボウリング
147. 妖精の魔法	148. パーシー
149. 胡桃	150. フィレンツェ

151. 金貨	152. ダンブルドア校長
153. ライフル銃	154. 自分
155. 棒	156. 図書室（閲覧禁止の棚）
157. ゴドリックの谷	158. ダンブルドア校長
159. ブラッジャー	160. シーカー
161. 11時	162. アルバス
163. 物を飛ばす呪文	164. ネビル
165. 豚のしっぽ	166. スプラウト先生
167. コーネリウス・ファッジ	168. ミネルバ
169. 横笛	170. ダンブルドア校長

難関クラス　　　　難易度 ★★★ むずかしい

171. 665歳	172. 713
173. マイナス2点	174. デニス、ゴードン、ピアーズ、マルコム
175. 12	176. 6年
177. 大イカ	178. 足縛りの呪文
179. 銀色	180. 60点
181. パイナップル	182. 5点
183. マホガニー	184. サッカー
185. 700	186. 一番小さな瓶
187. ロンドンの地下鉄地図	188. デボン州
189. 112点	190. 7ガリオン
191. 便座	192. ジム・マックガフィン
193. グラニンガ社	194. ヴォルデモート
195. 11シックル7クヌート	196. チャーリー
197. 悪魔の罠	198. フィッグさん
199. カンニング防止の魔法	200. ブラジル産ボア・コンストリクター大ニシキヘビ

Answer こたえ

- 201. 杖で緑の光を打ち上げる
- 202. アボット・ハンナ
- 203. マクゴナガル先生
- 204. 一角獣（ユニコーン）の血を飲んでいるところ
- 205. 禁じられた森
- 206. スメルティングズ男子校
- 207. ノルウェー・リッジバック種
- 208. スリザリン
- 209. 歯医者
- 210. スネイプ先生
- 211. 4人
- 212. アルジー
- 213. 11月
- 214. 7月31日
- 215. シーカー
- 216. 鶏の血
- 217. ストーンウォール校
- 218. 1945年
- 219. 青
- 220. 魔法薬学
- 221. 5分
- 222. 自分が靴下を一足、手にもっているところ
- 223. 山羊
- 224. 角または尾の毛
- 225. 50ペンス硬貨
- 226. マホガニー
- 227. 卵
- 228. グリンゴッツ銀行
- 229. テディベアの縫いぐるみ
- 230. ニコラス・フラメル
- 231. クラップ
- 232. スリザリン
- 233. ポッターを大統領に
- 234. トロール
- 235. 魔法史
- 236. クヌート
- 237. 50点
- 238. リー・ジョーダン
- 239. ガラス
- 240. グリフィンドール
- 241. 3着
- 242. ハンバーガー
- 243. 10点
- 244. 夜の11時
- 245. 柳
- 246. 手首を折った
- 247. レールヴューホテル
- 248. スメルティングズ男子校
- 249. スネイプ先生
- 250. シェーマス・フィネガン

ハリー・ポッターと賢者の石
成績表

点数計算
正解の数にそれぞれの点数をかけて合計してみよう。

正解数

やさしい	× 1点 →	
ふつう	× 3点 →	
むずかしい	× 5点 →	

合計点数

結果発表
あなたのレベルは、物語の登場人物でいうと…

650点以上

レベル　ハーマイオニー・グレンジャー

すばらしい勉強ぶりですね。ドラコに"穢れた血"なんて言われてもへっちゃら。負けないで!

649〜450点

レベル　ハリー・ポッター

なかなかのものじゃないですか。ふだんからコツコツ勉強すれば、もっといい成績が望めそうです。

449〜250点

レベル　ロン・ウィーズリー

がんばりましたね。いざというとき、勇気と底力を出せるのが、あなたのもっている魅力です。

249〜100点

レベル　ネビル・ロングボトム

うーん、悪くはないのですが…。まずは得意な分野を見つけて、そこからじっくり勉強してみませんか。

99点以下

レベル　ダドリー・ダーズリー

もう一度、本を読み返しましょう。さもなければ、ハグリッドが、おしおきでお尻に豚の尻尾を…。

魔法界のこと、もっと知りた〜い！

ホグワーツ篇

　ハリー・ポッターの物語を何度も読んだみなさんは、すでにかなりの魔法界通だと思いますが、それでも明かされていないことは、まだまだたくさんありそうな気がします。

　たとえば、ホグワーツ魔法魔術学校のこと。ハーマイオニーがいる女子寮はどうなっているの？　監督生以外の生徒たちの浴室はあるの？　それぞれの先生たちのプライベートな部屋は…？　ハッフルパフとレイブンクローの寮の中は？　と、見てみたい場所がいっぱい。

　授業は魔法に関することだけで、算数や国語（ハリーの場合は英語ですね）、社会のようなふつうの科目がありませんが、問題ないのでしょうか。クィディッチ以外にスポーツの授業がないのも不思議。運動不足になっちゃわないかしら…とついつい心配になってしまいます。

　もっと知りたい、ホグワーツでの生活。一度でいいから、学校見学に行ってみたいですよね。秘密は絶対に守りますから、お願いします…いかがでしょうか、ダンブルドア校長？

マグル篇

　魔法界の存在を知っているマグルって、どれくらいいるのでしょう？

　シリウス・ブラックがアズカバンから脱獄したとき、魔法省の大臣コーネリウス・ファッジは首相に報せました。突然そんなことを言われても信じないでしょうから、以前から交流があったのだと想像できます。ということは、イギリス以外でも一般の人たちが知らないだけで、トップの政治家はそれぞれの国の魔法界と連絡をとっているのかもしれません。

　また、ダーズリー家の人々やハーマイオニーの両親のように、魔法使いや魔女を家族に持つ人々だって、世界中にいるはず…。

　いろいろ考えると、思ったよりも多くのマグルが魔法界と関わりを持っていそうです。もし、近所の子が「うちのパパ、魔法使いなんだよ！」と自慢しているのを耳にしたら、馬鹿にしないで真剣に聞いてみてください。意外なところに、秘密が隠されているかもしれませんよ。

第2章

ハリー・ポッターと秘密の部屋

ホグワーツでの2年目を控えた夏休み、ハリーのもとをドビーという屋敷しもべ妖精が訪れ、学校に行ってはいけないと警告します。さまざまな妨害にもかかわらずなんとかホグワーツにたどりついたハリーを待ち受けていたのは、次々と起こる恐ろしい事件。偶然見つけた不思議な日記と、秘密の部屋に隠されてる謎とは…?

ハリー・ポッターと秘密の部屋
入門Class

check!

1. ホグワーツが創設されたのは、100年以上前、1000年以上前、10000年以上前？

2. ホグワーツの創設者は、1人、2人、3人、4人？

3. バレンタインの日、ハリーに歌のメッセージを配達したのは蛙、小人、それとも猫？

4. ハリーとロンが車をぶつけた木は、暴れ柳、それとも暴れ松？

5. 夏休み中、ハリーはいくつになった？ 11歳、12歳、13歳？

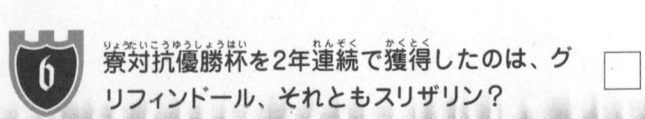

6. 寮対抗優勝杯を2年連続で獲得したのは、グリフィンドール、それともスリザリン？

Question

難易度
★
やさしい

check!

7 クィディッチのゴールの数は、6本、8本、12本？

8 ルシウス・マルフォイ、アーサー・ウィーズリー、バーノン・ダーズリーのなかで、ホグワーツの理事をしているのは誰？

9 卒業生の中から一番多く闇の魔法使いや魔女が出ているのは、レイブンクロー、それともスリザリン？

10 ホグワーツの3階の女子トイレに取り憑いているゴーストは、嘆きのマートル、それとも悲しみのマートル？

11 ウィーズリー家の中で、秘密の部屋に連れ去られたのは、ロン、ジニー、パーシー？

12 未成年の魔法使いは、学校の外で魔法を使ってはいけない。○か×か？

Question

check!

13 ホグワーツの創設者の中で、ヘビと話ができたのは、サラザール・スリザリン、それともゴドリック・グリフィンドール？ ☐

14 母親から吼えメールを受け取ったのは、ネビル、ロン、ドラコ？ ☐

15 クィディッチ試合のとき、図書館の近くで石にされているのが見つかった人の数は、1人、それとも2人？ ☐

16 ギャンボル・アンド・ジェイプスで売られているのは、魔法の杖。○か×か？ ☐

17 ジニーが雄鶏を絞め殺したり、壁に不気味なメッセージを書いたりするように仕向けたのは、トム・リドルである。○か×か？ ☐

18 マグル出身者を軽蔑した呼び名は、穢れた血、それとも汚れた血？ ☐

19 ホグワーツの図書館の司書は、マダム・フーチである。○か×か？ ☐

難易度
★
やさしい

check!

20. コリン・クリービーの父親は警察官、郵便配達人、それとも牛乳配達人?

21. ハリーが夏休みにとても恋しく思った場所は、プリベット通り、それともホグワーツ?

22. ロックハート先生に憧れているのは、ハリー、ロン、それともハーマイオニー?

23. 秘密の部屋を作ったとされている人は、サラザール・スリザリンである。○か×か?

24. ハリーが怪物を退治したことに対する学校からのお祝いとして、期末試験は延期された、それともなくなった?

25. グリフィンドールのほかに、組分け帽子がハリーを入れようとしたのは、スリザリン、レイブンクロー、ハッフルパフ?

Question

check!

26 ダーズリー家にいるとき、ハリーはホグワーツで使う学用品が入っているトランクをベッドの下にしまっていた。○か×か？

27 ハリーとハーマイオニーとロンを自分の絶命日パーティに招待したのは、ほとんど首なしニック、それとも血みどろ男爵？

28 フレッドはパーシーの「監督生」のバッジの文字を魔法でどう変えた？ 脳なし、劣等生、それともガリ勉？

29 堅い小さな体にジャガイモそっくりの凸凹の禿頭の妖精は、屋敷しもべ妖精、それとも庭小人？

30 ほとんど首なしニックは、首なし狩クラブに入会を拒否されて落ち込んでいた？ ○か×か？

31 「週刊魔女」のチャーミング・スマイル賞を5回続けて受賞したのは、スネイプ先生、それともロックハート先生？

32 ハリーがダーズリー家の自分の部屋で見つけた妖精の名前は、ドビー、それともトビー？

難易度
★
やさしい

check!

33 前回秘密の部屋の扉があけられたのは20年前、50年前、70年前、それとも100年前？

34 ハリーとロンは禁じられた森でどんな生き物に捕まった？　犬、クモ、ドラゴン？

35 秘密の部屋への扉をあけたと疑われてホグワーツを退学になったのは、スネイプ先生、ハグリッド、それともダンブルドア校長？

36 ホグワーツの1年生になった、ウィーズリー家の末っ子は、コリン、ジニー、それともトム？

37 壊れた杖を直そうとして、ロンが使ったのはスペロテープ。○か×か？

38 ウィーズリー家からダイアゴン横丁へ行くためにハリーが使ったのは、煙突飛行粉、それともマンドレイク？

39 ドビーは屋敷しもべ妖精、それともピクシー小妖精？

Question

check!

40 スプラウト先生は魔法使い、魔女、それともゴースト？

41 ハリーが誕生日にダーズリー家からもらったのはカード、お金、それともシャツ？ あるいは、なにももらわなかった？

42 ハーマイオニーが誤って自分のポリジュース薬のグラスに入れたのは、犬の毛、猫の毛、ネズミの毛？

43 絶命日パーティが行われたのは、クリスマス、ハロウィーン、バレンタイン？

44 バレンタインの日、ハリーに歌のメッセージを贈ったのは、ジニー、それともウィズリー夫人？

45 ハリーとロンが空飛ぶ車に乗ったことが見出しになったのは日刊予言者新聞？ ○か×か？

46 シーズン最初のクィディッチの試合で、グリフィンドールと対戦したのはスリザリン、それともハッフルパフ？

難易度
★
やさしい

check!
↓

47 居残り罰として、ロックハート先生のファンレターに返事を書くのを手伝わされたのは、ハリー、ロン、ネビル？

48 呪いに対する解毒剤のほとんどに使われているのは、マンドレイク、それともベアゾール石？

49 レイブンクローのペネロピー・クリアウォーターは1年生、監督生、それともクィディッチのチェーサー？

50 コリン・クリービーは、ハッフルパフの生徒。○か×か？

51 夏休み中に魔法を使ったと、ハリーに警告書を送った役所は、魔法省魔法不適正使用取締局。○か×か？

52 秘密の部屋をあけた疑いでハグリッドが連れて行かれることになったのは、ダンブルドア校長の部屋、アズカバン、ダイアゴン横丁？

Question

check!

53 庭小人を追い払うには、小人の足首をつかんで頭の上で振り回さなくてはならない。○か×か？

54 ハーマイオニーはダイアゴン横丁に誰と来ていた？ 両親、それともマクゴナガル先生？

55 クィディッチでビーターたちが自分のチームから追い払おうとするボールは、スニッチ、ブラッジャー、クアッフル？

56 ジョージがハリーの部屋のドアをあけるために使ったのはヘアピン、鍵をあける呪文、それとも金てこ？

57 トム・リドルは首席の生徒だった。○か×か？

58 ウィーズリー家のなかで、「権力を手にした監督生たち」という本を読んでいたのは、パーシー、ロン、フレッド？

59 ハリーとロンをクモの群れから助け出しにきてくれたものは、ハグリッド、空飛ぶ車、それともダンブルドア校長？

難易度
★
やさしい

check!

60 ルシウスは誰の父親？ ドラコ、クラッブ、ゴイル？

61 ハリーとロンが秘密の部屋に通じるパイプの中に無理やり入らせたのは、スネイプ先生、フィルチ、ロックハート先生？

62 ロンの父親は、マグル製品不正使用取締局に勤めている。○か×か？

63 ロックハート先生がみんなの気分を盛りあげるべきだと言ったのは、クリスマス、バレンタイン、それともイースターのとき？

64 「雪男とゆっくり一年」と「狼男との大いなる山歩き」の著者は、ロックハート先生、アーサー・ウィーズリー、ヴォルデモート？

Question

check!

65 ポリジュース薬は、自分以外の人間に変身できる薬。○か×か？

66 50年前に地下牢教室にかくれていたトム・リドルがこっそりあとをつけたのは、ダンブルドア校長、それともハグリッド？

67 ハリーはロックハート先生からもらった本を誰にあげた？ ジニー、ロン、ハーマイオニー？

68 クィディッチでグリフィンドールのアリシア・スピネットが担当しているポジションは、チェイサー、それともシーカー？

69 O・W・Lというのは、上級魔法レベル試験のこと。○か×か？

70 ハリーとロンが誰にも知られずにハグリッドを訪ねるために身につけたものは、透明マント、あるいはメガネ？

71 夏休み中、ハリー宛ての手紙をストップさせていたのは、ダーズリー氏、ヴォルデモート、ドビー？

難易度
★
やさしい

check!

72 トム・リドルの父親は魔法使い、それともマグル？

73 ロンの持ち物で、空飛ぶ車が暴れ柳にぶつかったときにひどく壊れたものは、杖、鍋、それともトランク？

74 ハーマイオニーに尻尾が生えたと言って、めずらしく声をあげて笑ったのは、スネイプ先生、嘆きのマートル、フィルチ？

75 ダーズリー氏がお客さまをもてなしているあいだ、ハリーが隠れているように言われた場所は、居間、浴室、自分の部屋？

76 ホグワーツ城から見渡せるのは海、湖、それとも山？

77 ホグワーツの理事は6人、10人、12人、それとも18人？

78 ダーズリー家からハリーを助け出すためにロンと一緒に来たのは、フレッドとジョージ、それともウィーズリー夫妻？

Question

check!

79 トム・リドルの母親は魔女、それともマグル？

80 魔法の力で組分け帽子の中から出てきた武器は、金の拳銃、それとも銀の剣？

81 ウィーズリー家の屋根裏にいるのはお化け、ポルターガイスト、屋敷しもべ妖精、それともドラゴン？

82 ロンとハーマイオニーがポリジュース薬の調合に取りかかった場所は、図書室、地下牢、3階の女子トイレ？

83 ロックハート先生が教えていた科目は、変身術、闇の魔術に対する防衛術、薬草学？

84 マルフォイ親子の目の色は、茶色、黒、灰色？

85 ロンがドラコに魔法をかけようとして逆に自分にかけてしまったせいで、口から次々に出てきたものは、クモ、ナメクジ、蛙？

難易度
★
やさしい

check!

86 ホグワーツ特急がキングズ・クロス駅を出発して最初に進む方向は、北、それとも南？

87 ロックハート先生の好きな色は、ライラック色、ラベンダー色、タンポポ色？

88 決闘クラブでハリーが対戦させられた相手は、ドラコ、それともロックハート先生？

89 毒蛇の王として知られている怪物は、バジリスクである。○か×か？

90 組分け帽子がふだん保管されているのは、ダンブルドア校長の部屋、それともフィルチの部屋？

ハリー・ポッターと秘密の部屋
普通Class

check!

91 バジリスクの毒牙はハリーの体のどこに突き刺さった？

92 トム・リドルの日記の表紙の色は？

93 ハリーがハーマイオニーからもらったクリスマス・プレゼントは鷹羽のペン、それとも鷲羽のペン？

94 ジャステン・フィンチ-フレッチリーを医務室に運ぶのに加わらなかったのは、フリットウィック先生、マクゴナガル先生、それともシニストラ先生？

95 ハリーはバジリスクの毒牙を何に突き立てた？

96 ハリーたちがキングズ・クロス駅に着いたのは11時20分前、11時15分前、11時10分前？

Question

難易度 ★★ ふつう

check!

97 腕の骨を元通りに生やすためにハリーが飲まされた薬は？

98 新学期最初の授業でグリフィンドールに10点をもらったのは、ネビル、ロン、ハーマイオニー？

99 前回秘密の部屋があけられたとき、トム・リドルは何年生だった？ 1年生、3年生、それとも5年生？

100 生きているときにオリーブ・ホーンビーにメガネのことをからかわれたゴーストは？

101 マファルダ・ホップカークの勤め先はホグワーツ魔法学校、魔法省魔法不適正使用取締局、それとも漏れ鍋？

102 ほとんど首なしニックが死んだのは100年前、250年前、500年前、それとも1000年前？

Question

check!

103. 秘密の部屋の巨大な石像の足の間で見つかったのは誰?

104. フローリシュ・アンド・ブロッツ書店で、ウィーズリー氏が大喧嘩をしたのは誰?

105. ロンのひいきのクィディッチ・チームは?

106. 禁じられた森にいたクモの名前は?

107. ハロウィーンの夜、壁に書かれた不気味なメッセージの下で石になっているのを発見されたのは?

108. ロックハート先生の最初の授業で使われた妖精は、マンドレイク、それともピクシー小妖精?

109. ウィーズリー氏の車の色は緑、トルコ石色、ピンク、それとも紫?

難易度
★★
ふつう

check!

110 魔法社会以外の世界について勉強する科目は？

111 秘密の部屋の事件のあと、学校の理事を辞めさせられたのは誰？

112 だいなしになったディナー・パーティのあとで、ダーズリー氏がハリーの部屋のドアに自分で取りつけたものは、餌差入口、それとも新しい鍵？

113 家に送り返されるような大怪我をハリーに負わせるよう、ドビーが細工をしたクィディッチの道具は？

114 ダンブルドア校長が飼っている不死鳥の名前は？

115 スリザリンのクィディッチ・チームの新しいシーカーは？

Question

check!

116 シーズン最初のクィディッチ試合の間、ハリーを追いかけていたものは？

117 ドラコからリドルの日記を取り戻すために武装解除の術を使ったのはハリー、ロン、ハーマイオニー？

118 ハリーがフィルチの事務室でテキストを見つけた、初心者のための魔法通信講座の名前は？

119 ホグワーツの創設者のなかで、学校を去ったのは誰？

120 組分けの儀式のときに組分け帽子が置かれる場所は？

121 秘密の部屋の石の扉に彫られた2匹のヘビの目に嵌めこまれていたのは、エメラルド、ルビー、それともダイヤモンド？

122 ハリーがルシウス・マルフォイの日記の中に入れて返した物は何？

難易度
★★
ふつう

check!

123 スリザリンの寮に入るためにハリーは誰に変身した？

124 ビンズ先生がよくやる教室の入り方は？ 黒板を通り抜ける、ドアを通り抜ける、それとも天井を通り抜ける？

125 クィディッチのグラウンドでハーマイオニーに向かって穢れた血と呼んだのは誰？

126 ポリジュース薬を飲んだあと、ハーマイオニーの顔はどうなった？

127 秘密の部屋でフォークスがハリーの足元に落としたものは、組分け帽子、それともトム・リドルの日記？

128 猫のミセス・ノリスは、茶色、灰色、黄色？

129 ハリーとロンが訪ねていったときにハグリッドがふたりに突きつけた武器は？

Question

		check!
130	ボージン・アンド・バークスがある横丁は？	☐
131	ハロウィーンの日に飼い猫のミセス・ノリスを襲った犯人だとフィルチが思いこんだのは誰？	☐
132	クアッフルは何色？ 金、赤、白？	☐
133	秘密の部屋の石像の口から出て来た怪物は？	☐
134	魔法使いの書店でジニーにトム・リドルの日記を与えたのは？	☐
135	ダンブルドア校長の部屋に入るための合い言葉は？	☐
136	ブラッジャーがぶつかったのはハリーの手首、肘、膝、それとも頭？	☐

難易度
★★
ふつう

check!

137 ロンが持っている箒はコメット260、流れ星、それともニンバス2000？

138 シーズン最初のクィディッチ試合でスニッチを捕まえたのは誰？

139 スクイブというのはどんな魔法使いや魔女のこと？

140 医務室で、ハーマイオニーが枕の下に隠していたのは誰からもらったお見舞いカード？

141 ハリーのお見舞いのため医務室に行く途中で石にされた生徒は？

142 リクタスセンブラはくすぐりの術をかける呪文、相手の両足が勝手に動く呪文、それとも相手の体が縮む呪文？

143 ハーマイオニーが図書館の禁書の棚から本を借りるための許可証にサインをしたのは誰？

Question

check!

144 ドビーはどこの家の屋敷しもべ妖精？

145 ウィーズリー氏はエスカレーターを間違ってなんと言った？

146 トム・リドルのミドルネームは？

147 初めて煙突飛行粉（フルーパウダー）を使ったときにハリーが壊してしまった大切な持ち物は？

148 2年生の決闘クラブを担当したふたりの先生は？

149 ジャスティン・フィンチ-フレッチリーはどこの寮の生徒？

150 タラントアレグラは、相手をマッチ棒の大きさに縮める呪文である。○か×か？

難易度
★★
ふつう

check!

151 サイン会のときに、ハリーとロックハート先生の写真を撮ったのは、どこの新聞のカメラマン？

152 石にされて黒く煤けた色になっているところをハリーが見つけたゴーストは？

153 ハリーとロンが空飛ぶ車で学校に戻ったせいでグリフィンドールが減点された点数は10点、25点、それとも50点？ あるいは、減点されなかった？

154 ロックハート先生がサイン会を開いたダイアゴン横丁の店は？

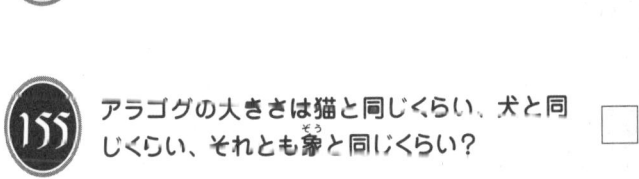

155 アラゴグの大きさは猫と同じくらい、犬と同じくらい、それとも象と同じくらい？

156 ダーズリー氏は夏休み中、ヘドウィグの鳥籠にどんなことをした？ 南京錠をかけた、それとも黒い布でおおいをかけた？

Question

check!

157 ハーマイオニーがチョコレートケーキを使って眠らせたふたりの生徒は誰？

158 秘密の部屋のことを知りたかったらあとを追えとハグリッドが言った生き物は？

159 杖の先に灯りを点すときに使う呪文は？

160 ルシウス・マルフォイが、スリザリンのクィディッチ・チームの選手全員にあげたものは？

161 ハーマイオニーはバジリスクが何に映った姿を見た？

162 ハリーがダーズリー家からもらったクリスマスプレゼントは？ 鉛筆1本、爪楊枝1本、釘1本？

163 ハリーとロンとハーマイオニーが毒ツルヘビの皮を盗むことにしたのは誰の薬棚？

難易度
★★
ふつう

check!

164 ペネロピー・クリアウォーターは誰のガールフレンド?

165 体の一部が膨れあがる薬は、ふくれ薬、それとも愛の妙薬?

166 フレッド、ジョージ、ロンの3人が父親の車を空に飛ばした罰としてやらされたことは?

167 バジリスクを殺せるのは雄鶏の声、それとも雌鶏の声?

168 ウィーズリー家が住んでいるのは?

169 ハリーの腕はロックハート先生が治そうとしたせいでどうなった?

170 数人の先生や生徒の前で自分がスクイブであることを明かしたのは誰?

ハリー・ポッターと秘密の部屋
難関 Class

check!

171 「基本呪文集・二学年用」の著者はミランダ・ゴズホーク、ミラベル・スパロウホーク、それともマンディ・ブラックホーク？

172 ホグワーツ特急がキングズ・クロス駅に着いたとき、ハリーがロンとハーマイオニーに渡したのは何の番号？

173 グリフィンドール対ハッフルパフのクィディッチ試合のときに紫色のメガフォンを使った先生は？

174 アーニー・マクミランはどこの寮の生徒？

175 ケイティ・ベルはどこの寮のクィディッチの選手？

176 ハリーが秘密の部屋で使った剣に刻まれていた名前は？

Question

難易度 ★★★ むずかしい

check!

177 50年前のホグワーツの校長は？

178 ほとんど首なしニックが切れない斧で首を切りつけられた回数は？

179 ポリジュース薬の作り方が書いてあった本は？

180 パーシーが受けたO・W・L試験は何科目？

181 ウィーズリー氏の車の車種は？

182 これまで19人のマグルの命を奪ったネックレスは？

Question

check!

183 ハリーの体からバジリスクの毒を消し去ってくれたものは？

184 首なし狩クラブに入会する要件を満たさないという手紙を、ほとんど首なしニックに送ったのは誰？

185 コリン・クリービーをマダム・ポンフリーのところに運んだ先生は？

186 ほとんど首なしニックのパーティで、オレンジ色の帽子とくるくる回る蝶ネクタイをつけていたのは誰？

187 ダンブルドア校長に停職を言いわたしたのは誰？

188 秘密の部屋での冒険のあと、ハリーとロンがそれぞれダンブルドア校長からもらった寮の点数は？

189 シニストラ先生が教えている科目は？

難易度
★★★
むずかしい

check!

190 ハリーの夏休み中、ダーズリー氏がディナーに招いたのは誰？

191 マンドレイクの植え替えをするときに生徒たちが身につけなくてはならないものは？

192 生徒用の材料棚にないものはヒル、ニワヤナギ、二角獣（バイコーン）の角、それとも満月草？

193 2番目に石にされた生徒は誰？

194 トム・リドルが日記を書いたのは何歳のとき？

195 魔法薬の授業で、ハリーが花火を投げ入れたのは誰の鍋？

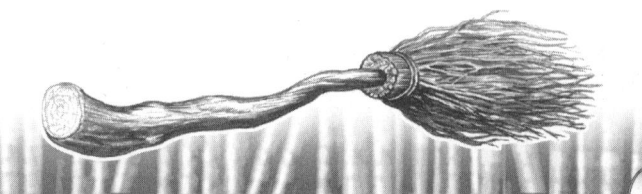

Question

check!

196 ポリジュース薬の効き目が続く時間は？

197 魔女セレスティナ・ワーベックの職業は？

198 ハグリッドがハリーにくれたクリスマス・プレゼントは？

199 メイソン夫妻が来る予定になっていたのは何時？

200 秘密の部屋の怪物から身を守る御守りとして腐ったイモリの尻尾や紫の水晶を買った生徒は？

201 ワガワガの狼男についての詩を一番上手に書けたら褒美に与えるとロックハート先生が言ったものは？

202 ウィーズリー氏がマグルの車に魔法をかけたかどで科せられた罰金は何ガリオン？

難易度
★★★
むずかしい

check!

203 ロックハート先生が唯一うまく使える魔術は？

204 ビンズ先生はどうやって死んだ？

205 ウィーズリー夫人の名前は？

206 イートン校に入学するのをやめてホグワーツに来た生徒は？

207 空飛ぶ車を見たといったノーフォーク在住の女性は？

208 ろうそくを差し込むと手に持った人しか見えない灯りが見える道具は？

209 ディペット校長の名前はアルフレド、アーマンド、それともアルベルト？

Question

check!

210 フィルチが壁の文字を落とすために使ったものは？

211 夜の闇横丁でハグリッドが探していると言ったものは？

212 ハリーとロンがスリザリン寮に入るときに使った合言葉は？

213 スリザリンとのクィディッチの試合中、ハリーは誰の左耳のうしろにスニッチを見つけた？

214 吼えメールが入っている封筒の色は？

215 トム・リドルが秘密の部屋のすべてを探り出すまでにかかった年数は？

216 決闘クラブでミリセント・ブルストロードが対戦した相手は？

難易度
★★★
むずかしい

check!

217 ヘビと話ができる人のことをなんて言う？

218 ホグワーツの先生や生徒たちの風邪を治すためにマダム・ポンフリーが使った薬は？

219 ハーマイオニーは自分のポリジュース薬に誰の毛を入れたと思ってた？

220 石になった人たちを蘇生させるために使われることになった植物は？

221 ロックハート先生がクィディッチで担当していたと言ったポジションは？

222 魔法省からハグリッドを連行しに來た人は？

223 ハリーはバジリスクの体のどこに剣を突き刺した？

Question

check!

224 ハッフルパフのクィディッチのユニフォームの色は？

225 ピクシー小妖精の色は？

226 マンドレイクが収穫できるようになったと発表したのはスプラウト先生、マクゴナガル先生、それともスネイプ先生？

227 「魔法使いのソネット」を読んだ人は、死ぬまでどんな口調でしかしゃべれなくなった？

228 高級クィディッチ用具店のショーウィンドウにユニフォームが飾ってあるクィディッチ・チームは？

229 ウィーズリー家の庭で初めて庭小人の駆除をしたとき、ハリーが小人に噛みつかれた場所は？

230 バレンタインの日にロックハート先生がもらったと言ったカードの枚数は？

難易度
★★★
むずかしい

check!

231 バジリスクは何の卵から生まれる？

232 決闘クラブでドラコがヘビを呼び出したときに使った呪文は？

233 吼えメールの封筒は、配達されたあとどうなる？

234 薬草学のクラスのときに、スリザリンの継承者だと勘違いしていたことをハリーに謝ったのは誰？

235 スネイプ先生の魔法薬学のクラスのときに、鼻がメロンの大きさに膨れあがったのは誰？

236 秘密の部屋にある巨大な石像は誰をかたどったもの？

Question

check!↓

237 ピクシー小妖精の大きさは？

238 クモが禁じられた森の方に向かっているのをハリーとロンが見つけたのは、どの授業のとき？

239 クィディッチで、スニッチを捕まえたチームに与えられる点数は？

240 ビンズ先生は「中世におけるヨーロッパ魔法使い会議」についてどのくらいの長さの作文を書くように言った？

241 禁じられた森に入る前、ハリーが透明マントを置いたのは誰のテーブルの上？

242 ヘビと話をするときに使う言葉は？

243 決闘クラブでロンが対戦した相手は？

難易度
★★★
むずかしい

check!

244 闇の魔術に関する物を売っている店は？

245 秘密の部屋での冒険のあとハリーとロンがもらった賞は？

246 トム・リドルの父親の名前は？

247 スリザリンのクィディッチ・チームのキャプテンは？

248 ウィーズリー氏の手によってできた法律は？

249 ほとんど首なしニックがスピーチをしているときに首なしの騎手たちが始めたゲームは？

250 メイソン夫人がとても怖がっている生き物は？

Answer こたえ

入門クラス　　　難易度 ★ やさしい

1. 1000年以上前
2. 4人
3. 小人
4. 暴れ柳
5. 12歳
6. グリフィンドール
7. 6本
8. ルシウス・マルフォイ
9. スリザリン
10. 嘆きのマートル
11. ジニー
12. ○
13. サラザール・スリザリン
14. ロン
15. 2人
16. ×　いたずらグッズを売っている
17. ○
18. 穢れた血
19. ×　マダム・ピンス
20. 牛乳配達人
21. ホグワーツ
22. ハーマイオニー
23. ○
24. なくなった
25. スリザリン
26. ×　階段下の物置
27. ほとんど首なしニック
28. 劣等生
29. 庭小人
30. ○
31. ロックハート先生
32. ドビー
33. 50年前
34. クモ
35. ハグリッド
36. ジニー
37. ○
38. 煙突飛行粉(フルーパウダー)
39. 屋敷しもべ妖精
40. 魔女
41. なにももらわなかった
42. 猫の毛
43. ハロウィーン
44. ジニー
45. ×　夕刊予言者新聞
46. スリザリン
47. ハリー
48. マンドレイク

49. 監督生	50. ×　グリフィンドール
51. ○	52. アズカバン
53. ○	54. 両親
55. ブラッジャー	56. ヘアピン
57. ○	58. パーシー
59. フォード・アングリア	60. ドラコ
61. ロックハート先生	62. ○
63. バレンタイン	64. ロックハート先生
65. ○	66. ハグリッド
67. ジニー	68. チェイサー
69. ×　普通魔法レベル試験	70. 透明マント
71. ドビー	72. マグル
73. 杖	74. 嘆きのマートル
75. 自分の部屋	76. 湖
77. 12人	78. フレッドとジョージ
79. 魔女	80. 銀の剣
81. お化け	82. 3階の女子トイレ
83. 闇の魔術に対する防衛術	84. 灰色
85. ナメクジ	86. 北
87. ライラック色	88. ドラコ
89. ○	90. ダンブルドア校長の部屋

普通クラス　　　　　　　　　難易度 ▲▲ ふつう

91. 腕	92. 黒
93. 鷲羽のペン	94. マクゴナガル先生
95. トム・リドルの日記	96. 11時15分前
97. スケレ・グロ	98. ハーマイオニー
99. 5年生	100. 嘆きのマートル

Answer こたえ

101. 魔法不適正使用取締局
102. 500年前
103. ジニー
104. ルシウス・マルフォイ
105. チャドリー・キャノンズ
106. アラゴグ
107. 猫のミセス・ノリス
108. ピクシー小妖精
109. トルコ石色
110. マグル学
111. ルシウス・マルフォイ
112. 餌差入れ口
113. ブラッジャー
114. フォークス
115. ドラコ
116. ブラッジャー
117. ハリー
118. クイックスベル
119. サラザール・スリザリン
120. 丸椅子の上
121. エメラルド
122. ソックス
123. ゴイル
124. 黒板を通り抜ける
125. ドラコ
126. 黒い毛で覆われた
127. 組分け帽子
128. 灰色
129. 石弓
130. 夜の闇横丁(ノクターン)
131. ハリー
132. 赤
133. バジリスク
134. ルシウス・マルフォイ
135. レモン・キャンデー
136. 肘
137. 流れ星
138. ハリー
139. 魔法使いの家に生まれたのに魔力を持っていない人
140. ロックハート先生
141. コリン・クリービー
142. くすぐりの術をかける呪文
143. ロックハート先生
144. マルフォイ家
145. エスカペーター
146. マールヴォロ
147. メガネ
148. ロックハート先生とスネイプ先生
149. ハッフルパフ
150. ×　踊らせる呪文
151. 日刊予言者新聞
152. ほとんど首なしニック

153. 減点されなかった	154. フローリシュ・アンド・ブロッツ書店
155. 象	156. 南京錠をかけた
157. クラッブとゴイル	158. クモ
159. ルーモス　光よ	160. ニンバス2001
161. 鏡	162. 爪楊枝1本
163. スネイプ先生	164. パーシー
165. ふくれ薬	166. 庭小人の駆除
167. 雄鶏	168. 隠れ穴
169. 骨がすべて無くなった	170. フィルチ

難関クラス　　　　　　　難易度 ★★★ むずかしい

171. ミランダ・ゴズホーク	172. 電話番号
173. マクゴナガル先生	174. ハッフルパフ
175. グリフィンドール	176. ゴドリック・グリフィンドール
177. ディペット校長	178. 45回
179. もっとも強力な魔法薬	180. 12
181. フォード・アングリア	182. 呪われたネックレス
183. 不死鳥の涙	184. パトリック・デレニー・ポドモア卿
185. ダンブルドア校長とマクゴナガル先生	186. ピーブズ
187. ルシウス・マルフォイ	188. 200点
189. 天文学	190. メイソン夫妻
191. 耳当て	192. 二角獣(バイコーン)の角
193. ジャスティン・フィンチ-フレッチリ	194. 16歳
195. ゴイルの鍋	196. 1時間
197. 歌手	198. 糖蜜ヌガー
199. 8時	200. ネビル
201. サイン入りの自分の本『私はマジックだ』	202. 50ガリオン

Answer こたえ

203. 忘却術	204. 職員室の暖炉の前の肱掛椅子に生身の体を置き忘れて
205. モリー	206. ジャスティン・フィンチ-フレッチリー
207. ヘティ・ベイリス夫人	208. 輝きの手
209. アーマンド	210. ミセス・ゴシゴシの万能汚れ落とし
211. 肉食ナメクジ駆除剤	212. 純血
213. ドラコ	214. 赤
215. 5年	216. ハーマイオニー
217. パーセルマウス	218. 元気爆発薬
219. ミリセント・ブルストロード	220. マンドレイク
221. シーカー	222. コーネリウス・ファッジ
223. 口	224. 黄色
225. 群青色	226. マクゴナガル先生
227. 詩の口調	228. チャドリー・キャノンズ
229. 指	230. 46枚
231. 鶏の卵	232. サーペンソーテイア
233. 燃えあがる	234. アーニー・マクミラン
235. ドラコ	236. サラザール・スリザリン
237. 20センチ	238. 薬草学
239. 150点	240. 1メートル
241. ハグリッドのテーブル	242. パーセルタング
243. シェーマス・フィネガン	244. ボージン・アンド・バークス
245. ホグワーツ特別功労賞	246. トム
247. マーカス・フリント	248. マグル保護法
249. 首ホッケー	250. 鳥

ハリー・ポッターと秘密の部屋
成績表

点数計算
正解の数にそれぞれの点数をかけて合計してみよう。

正解数

やさしい ×1点 →

ふつう ×3点 →

むずかしい ×5点 →

合計点数

結果発表
あなたのレベルは、闇の魔術の防衛術の先生でいうと…

650点以上
レベル ルーピン先生
いやはや、あなたのレベルはかなりのものです。チョコレートでエネルギー補給して、次もその調子で!

649〜450点
レベル ムーディ先生
実力はあるのですが、がんばりすぎてちょっと弱っているかも。まだまだ続くので、力を抜いてがんばって。

449〜250点
レベル ロックハート先生
そこそこの点数が取れたからと言って、慢心してはいけません。謙虚な気持ちで、さらなる好成績をめざして…!

249〜100点
レベル クィレル先生
足りないのは、ちょっとの勇気。ヴォルデモートの脅しには屈しないで、このまま精進を続けましょう。

99点以下
レベル 不採用
残念ながら、今の知識ではホグワーツへの就職は難しそう。あらためて修行しなおすことをおすすめします。

魔法界のこと、もっと知りた～い！

教育篇

　ホグワーツを首席で卒業したロンの兄、パーシー・ウィーズリーは、第4巻から魔法省で働きはじめました。彼ぐらい勉強好きで優秀だったら、進学しそうな感じもしますが…。もしかしたら、魔法界には大学に相当するものが存在しないのでしょうか。あるいは、兄弟が多いだけに、両親の財政事情を考えて、断念したとか…？

　ハリーは、将来、闇祓いになるといいと、ムーディ先生に言われていましたが、オリバー・ウッドのようにプロのクィディッチ選手になる道もあります。いずれにしても、卒業が近づけば、進学を含めいろいろな選択肢が出てきそう。楽しみに待つことにしましょう（物語が終わるのは寂しいことですが）。

　また、ボーバトンとダームストラングというイギリス以外の魔法学校の存在が明らかになりましたが、きっとほかにも魔法学校があるのでは、という期待がわいてきます。もしかしたら私たちの住む日本にだって、不思議な学校があるかと思うとドキドキします。

生活篇

　学校で使う道具や本、お菓子など、ハリーは必要なものを、いつもダイアゴン横丁かホグズミードで手に入れています。ハーマイオニーが利用していた「ふくろう通信販売」というサービスもありましたが、それ以外に魔法使いたちは、日常の買い物をどうやってすませているのでしょうか。

　たとえばウィーズリー夫人が、夕食を作るのにバターが足りないわ…と気づいた場合、どうするのでしょう。魔法使いの店というのは、そうたくさんは存在しないはず。それ以前に、電気製品がない魔法界には冷蔵庫もなさそう。ということは、野菜やお肉、お魚など腐りやすいものを、どうやって保管しているのか、あれこれ気になるところです。

　また、電話の代わりのふくろう便は、距離によってはけっこう時間がかかるようです。携帯電話やメールに慣れているわたしたちがもし魔法界に行ったら、意外にも不便で、イライラしてしまうかもしれませんね。

第3章

ハリー・ポッターとアズカバンの囚人

シリウス・ブラックという凶悪な魔法使いがアズカバンから脱獄したというニュースが、魔法界の人々を恐怖におとしいれます。ホグワーツの3年生になり、少しずつ大人への階段をのぼっていくハリーたち。両親の死とシリウス・ブラックにからむ衝撃的な事実と、複雑な人間関係を知ったとき、ハリーがとった行動とは…？

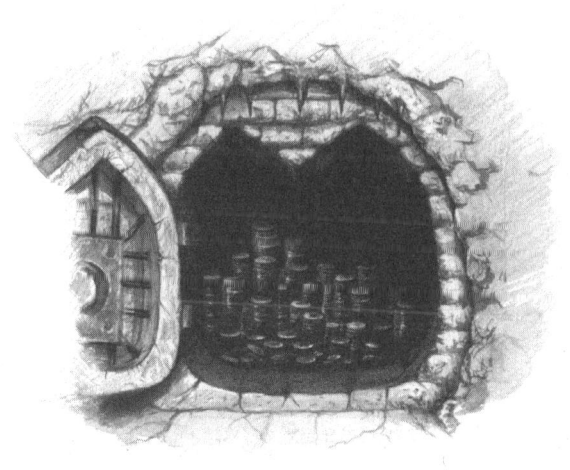

ハリー・ポッターとアズカバンの囚人
入門Class

check!

1 ホグワーツ特急の中で、ハリー、ロン、ハーマイオニーが出会った先生は、ロックハート先生、ルーピン先生、クィレル先生？

2 ホグワーツ生が3年生になると訪問できる村の名前は、ホグズミード、フグズミード、ハグズミード？

3 クィディッチ開幕戦の日、朝早くにハリーを起こしたのは、ほとんど首なしニック、それともピーブズ？

4 ハーマイオニーが怒って飛びだした授業は、占い学、変身術、それとも数占い学？

5 叫びの屋敷は、イギリスでいちばん呪われていると言われている。○か×か？

6 真夜中に試験が行われた科目は、天文学、占い学、変身術？

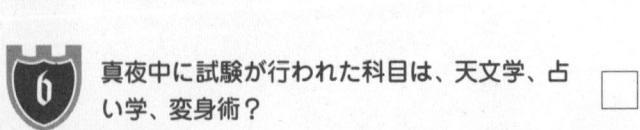

Question

難易度
★
やさしい

check!

7 ハーマイオニーが時間を戻すのに使った、金の鎖つきの小さな砂時計は逆転時計。○か×か？

8 ピンクのドレスを着た太った婦人が寮の入り口で門番をしているのは、スリザリン、それともグリフィンドール？

9 クィディッチ開幕戦、グリフィンドールが対戦した相手は、ハッフルパフ、それともレイブンクロー？

10 ハリーがマージおばさんと呼ぶよう言いつけられているのは、誰の妹？ ウィーズリー氏、それともダーズリー氏？

11 ハッフルパフのクィディッチ・チームのキャプテンは、マーカス・フリント、セドリック・ディゴリー、オリバー・ウッド。

12 ハリーが大喜びした贈り主不明のクリスマス・プレゼントは、ファイアボルト、ニンバス2001？

Question しつもん

check!

13 迷子の魔法使いや魔女たちのための緊急お助けバスは、夜の騎士バス。○か×か？

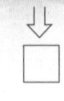

14 チョウ・チャンは、3年生、4年生、それとも5年生？

15 ハリーは3人の友だちから誕生日プレゼントをもらいました。ロンとハーマイオニー、あとひとりは誰？ ダドリー、ハグリッド、ドラコ？

16 ハニーデュークス店で売っているのは、お菓子、杖、箒？

17 ルーピン先生は動物に変身する。○か×か？

18 ハリーがダイアゴン横丁で見つけた最新型の箒は、ファイアボルト、それともニンバス2001？

19 ハリーは100人もあある生き物を見たとたん、女の人の叫び声が聞こえ、箒から落ちてしまいました。その生き物とは、吸魂鬼、それとも狼人間？

難易度
★
やさしい

check!

20 試験の結果、ハリー、ロン、ハーマイオニーは全科目合格した。○か×か？

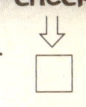

21 夏休みに、縮み薬に関するレポートを書きなさい、とハリーにむずかしい宿題を出したのは、スプラウト先生、スネイプ先生、フリットウィック先生？

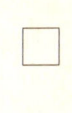

22 ハリーの名付親は、ダドリー氏、シリウス・ブラック、ダンブルドア先生？

23 マダム・ロスメルタがいるパブは、漏れ鍋、三本の箒、魔法使いと杖？

24 吸魂鬼防衛術をハリーに教えてくれたのは、ルーピン先生、ハグリッド、マクゴナガル先生？

25 クィディッチ優勝杯を手にしたのは、ハッフルパフ、それともグリフィンドール？

Question しつもん

check!

26 新品のファイアボルトを、安全チェックのためにハリーから取りあげたのは、ダンブルドア先生、それともマクゴナガル先生？

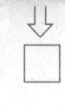

27 占い学の最初の授業で使われたのはコーヒー、それとも紅茶？

28 雲が切れ、空に満月があらわれたとき、ルーピン先生は黒い犬に変身した。○か×か？

29 ネビルが、この世でいちばん怖いと思っているのは、お祖母ちゃん、それともスネイプ先生？

30 魔法ペットショップでロンが買った「ネズミ栄養ドリンク」は誰のためのもの？ スキャバーズ、それともクルックシャンクス？

31 コーネリウス・ファッジが夏休みの残りの2週間、ハリーに部屋を取るようにすすめたのは、漏れ鍋、三本の箒、オリバンダーの店？

32 ハリーが4年生になる前の夏に開かれるスポーツのイベントは、クィディッチ・ワールドカップ、魔法陸上大会、ボウリング・ワールドカップ？

難易度
★
やさしい

check!

33 ハリーを乗せてくれた夜の騎士バスは、紫、青、黒?

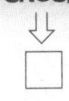

34 グリフィンドールの3年生の寮のカーテンが切り裂かれたとき、ロンはスネイプ先生のしわざだと考えた。○か×か?

35 ルーピン先生が教えている科目は、変身術、占い学、闇の魔術に対する防衛術?

36 ハーマイオニーが「アロホモラ!」と呪文を唱えたらどうなった? 窓があいた、ドラコが縮んだ、ロンが眠った?

37 ネズミのスキャバーズの正体は、シリウス・ブラック、ヴォルデモート、ピーター・ペティグリュー?

38 バックビークの控訴裁判が行われたのは、試験が始まる日、それとも終わる日?

Question

check!

39 河童が生息しているのは、空、水の中、それとも陸？

40 夜の騎士バスは、1階のみ、2階建て、3階建て？

41 ヒッポグリフに乗って、死刑執行人と吸魂鬼から逃れたのは、ハグリッド、それともシリウス・ブラック？

42 ハリーに魔法をかけられたマージおばさんはどうなった？　安全ピンくらいに縮んだ、天井いっぱいまで背が伸びた、膨れあがってまん丸になった？

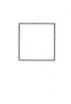

43 ホグズミードはイギリス国内で唯一、マグルに開放された魔法の村。○か×か？

44 ハリーの競技用箒をこなごなにしたのは、シリウス・ブラック、ヴォルデモート、暴れ柳？

難易度
★
やさしい

check!
↓

45 暗くて狭いところが大好きで、姿を変えることができるのは、まね妖怪(ボガート)、それともマンドレイク？

46 魔法用具店ダービシュ・アンド・バングスがあるのは、ダイアゴン横丁、それともホグズミード？

47 夏休みにロンがハリーに見せた新品の魔法の道具は、杖、それとも羽根ペン？

48 シリウス・ブラックは、どんな動物に姿を変えてアズカバンから脱獄した？ 犬、猫、ネズミ？

49 スキャバーズがいなくなったあと、ロンにフクロウをくれたのは、ハリー、ルーピン先生、シリウス・ブラック？

50 初めてのホグズミード訪問、ハリーはロンとハーマイオニーと一緒に行った。○か×か？

51 死の前兆だと言われている犬は、フラッフィー、ファング、死神犬(グリム)？

Question

check!

52 ピーター・ペティグリューは、ハリーの両親を裏切って、ヴォルデモートの手下になった。○か×か？

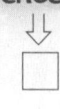

53 お祖母ちゃんから吼えメールを受けとったのは、ネビル、ロン、クラッブ？

54 電話のことを、まちがえて話電と言ったのは、ハグリッド、それともロン？

55 魔法動物ペットショップで、ハーマイオニーが買った動物は、猫、ウサギ、キツネ？

56 ハリーが夜の騎士バスを降りたのは、三本の箒の前、それとも漏れ鍋の前？

57 ルーピン先生は満月のときにいつも具合が悪くなる。○か×か？

58 フリートウッズ社製・高級仕上げ磨き粉は、どんな道具に使う？ 箒、鍋、メガネ？

難易度
★
やさしい

check!

59 ハリー、ロン、ハーマイオニーが、おいしいバタービールを飲んだのは、三本の箒、それともウィーズリー家？

60 ウィーズリー家のふくろうの名前は、ヘルメス、グッチ、シャネル？

61 胴体は馬なのに、頭と羽は鷲そっくりの生き物は、ペガサス、ヒッポグリフ、一角獣？

62 漏れ鍋の亭主の名前は、トム、ティム、それともジム？

63 グリンデローとは？ ヒッポグリフ、水魔、バンシー妖怪、赤帽鬼？

64 グリフィンドールは、3年連続で寮杯を獲得した。○か×か？

65 ハリーは夜の騎士バスの車掌に、どこまで乗せてほしいと頼んだ？ ホグワーツ、ロンドン、隠れ穴？

Question

check!

66 レイブンクロー対グリフィンドールのクィディッチの試合で、勝ったのはどちら？

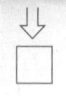

67 ルーピン先生とスネイプ先生に、ピーター・ペティグリューを殺すなと言ったのは、ハリー、ロン、ダンブルドア校長？

68 パーシーはN・E・W・Tテストに落ちた。○か×か？

69 ハリーが3年生になって新しく習う科目は、次のうちどれ？ 魔法薬学、魔法生物飼育学、闇の魔術に対する防衛術。

70 トレローニー先生が教えている授業は、闇の魔術に対する防衛術、数占い、占い学？

71 ハーマイオニーが飼っている猫の毛は、赤みがかったオレンジ色。○か×か？

72 クィディッチ優勝戦で、ハリーがスニッチをつかもうとしたとき、後ろから箒の尾を引っぱったのは、オリバー・ウッド、ドラコ、スネイプ先生？

難易度
★
やさしい

check!

73 雨の日に行われたクィディッチの試合の前、ハリーのメガネが水を弾くように呪文を唱えてくれたのは、ハーマイオニー、それともマクゴナガル先生？

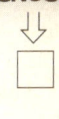

74 ダーズリー氏は、誰がセント・ブルータス更生不能非行少年院に収容されている、と言った？ ハリー、それともダドリー？

75 ダーズリー家を出て、一緒に暮らそうとハリーに言ってくれたのは、ウィーズリー氏、ハグリッド、シリウス・ブラック？

76 三本の箒があるのは、ホグズミード、ダイアゴン横丁、夜の闇横丁(ノクターン)？

77 動物もどき(アニメーガス)と呼ばれるのは、動物に変身できない魔法使い。○か×か？

78 ヒッポグリフのそばに行ったら、どうしたらいいでしょう？ 手を振る、お辞儀をする、それともひざまずく？

Question

check!

79 ホグワーツ特急の中で、ハリーは何を見て気を失った？ ドラコ、蛙チョコレート、吸魂鬼(ディメンター)？

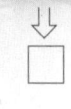

80 ハリーの両親の秘密の守人だったのは、ルーピン先生、スネイプ先生、ピーター・ペティグリュー、ダンブルドア校長？

81 フローリアン・フォーテスキュー氏がダイアゴン横丁で経営しているのは、本屋、アイスクリーム・パーラー、それとも鍋屋？

82 ハリーがメモもカードもついていない箒をクリスマス・プレゼントにもらったことを先生に言いつけたのは、ネビル、それともハーマイオニー？

83 占い学の授業中、死の前兆といわれる死神犬(グリム)が現われたのは、誰のティーカップ？ ハリー、ロン、チョウ・チャン

84 魔法動物ペットショップで、ネズミのスキャバーズに襲いかかろうとした猫の名前は、クルックシャンクス、それともバックビーク？

難易度
★
やさしい

check!

85 ケトルバーン先生の代わりに、魔法生物飼育学を担当することになったのは、ハグリッド、それともダンブルドア校長?

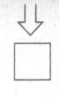

86 ハリーが初めて吸魂鬼（ディメンター）に会ったあと、ルーピン先生がくれた食べ物は、キャンデー、チョコレート、ガム?

87 ルーピン先生が、わざと洋箪笥（ようだんす）のまね妖怪ボガートと対決させなかった生徒は、ネビル、それともハリー?

88 4年生になるハリーのために、ホグズミード行きの許可証にサインしてくれたのは、ダーズリー氏、マクゴナガル先生、シリウス・ブラック?

89 ハリーに忍びの地図をくれたのは、フレッドとジョージ、それともシェーマス・フィネガン?

90 新学期の第1日目に、ハーマイオニーに逆転時計（タイムターナー）をくれたのは、マクゴナガル先生、ダンブルドア校長、トレローニー先生?

ハリー・ポッターとアズカバンの囚人
普通Class

91 叫びの屋敷にいたハリー、ロン、ハーマイオニー、シリウス・ブラックを、最初に見つけたのはどの先生？

92 牡鹿に変身できたのは誰？

93 シリウス・ブラックが脱獄するまでアズカバンにいた期間は、6年、10年、それとも12年？

94 シェーマス・フィネガンはまね妖怪(ボガート)を何に変えた？ バンシー妖怪、ミイラ、切断された手首？

95 ハーマイオニーが夏休みに家族と休暇を過ごしたのは、ヨーロッパのどの国？

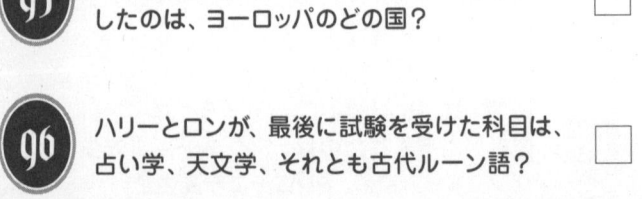

96 ハリーとロンが、最後に試験を受けた科目は、占い学、天文学、それとも古代ルーン語？

Question

難易度 ★★ ふつう

97 まね妖怪(ボガート)をおかしな姿に変える呪文は、リディクラス　ばかばかしい！　それともエクスペリアームズ　武器よ去れ！　のどちら？

98 ルーピン先生がホグワーツ生だったころ親しかったのは、ジェームズ・ポッター、シリウス・ブラックともうひとり誰？

99 マクネアの職業は、夜の騎士(ナイト)バスの運転手、まね妖怪(ボガート)・ハンター、死刑執行人？

100 グリフィンドールのクィディッチ・チームのキャプテンはオリバー・ウッド、それともパーシー・ウィズリー？

101 4月に開かれる危険生物処埋委員会の事情聴取に呼びだされたのはダンブルドア校長、ルーピン先生、ハグリッド？

102 ハリーと連絡を取ろうとして、生まれて初めて電話を使ったのは誰？

Question

check!

103 みんながホグズミードに行っている間に、ルーピン先生がハリーに見せてくれた生き物は何？ 頭に「グ」がつきます。

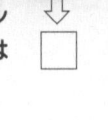

104 エジプトで呪い破りとして働いているのは、ウィーズリー家の誰？

105 吸魂鬼防衛術の訓練のために使われるのはどんな生き物？

106 魔法生物飼育学の最初の授業で、ヒッポグリフのバックビークが怪我をさせたのは誰？

107 プロングズのニックネームで呼ばれていたホグワーツ生は誰？

108 キングズ・クロス駅に行くハリーたちを漏れ鍋まで迎えに来た魔法省の車は1台、2台、3台？

109 ガリオンくじグランプリの賞金で、ウィーズリー家が夏休みにしたことは？

難易度
★★
ふつう

check!

110 グリフィンドールのその週の合言葉を、ひとつ残らず小さな紙切れに書きとめておいたのはネビル、ロン、ハーマイオニー？

111 アズカバンにいるとき、シリウス・ブラックが新聞をもらったのはウィーズリー氏、コーネリウス・ファッジ、ダンブルドア校長？

112 ハロウィーンの夜、ホグワーツの生徒全員は、どこで寝なさいと言われた？

113 「日刊予言者新聞・ガリオンくじ」の1等賞金は70ガリオン、700ガリオン、、7000ガリオン？

114 ホグズミードへの秘密通路の入り口近くで、ハリーがネビルと一緒にいるところに現われたのは誰？

115 レイブンクロー対スリザリンのクィディッチの試合、勝ったのはどちら？

Question

check!

116 名前はリーマス。さて、この先生はスネイプ先生、ルーピン先生、ダンブルドア校長?

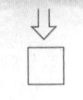

117 スリザリンのクィディッチ・チームが試合を延期したのは、誰が腕を怪我したせい?

118 ダドリーの5歳の誕生日パーティのとき、「動いたら負け」というゲームで、ダドリーが負けないようにハリーの向こう脛を叩いて、ハリーを動かしたのは誰?

119 夜の騎士バスのロンドンまでのバス代は11シックル。では、13シックル払うと何がついてくる? コーヒー、ミルク、ココア?

120 暴れ柳が植えられたのは、どの先生がホグワーツに入学した年でしょう? ルーピン先生、スネイプ先生、フリットウィック先生。

121 ルーピン先生はどんな道具を使って、シリウス・ブラックとハリーたちを見つけた?

難易度
★★
ふつう

check!
⇩

122 ハリーが突然姿を現わして、ロンとハーマイオニーをびっくりさせたのは、ホグズミードのどのお店？ ハニーデュークス、それとも3本の箒（ほうき）？

123 ハリーはホグズミードからこっそり帰ってきたところを、スネイプ先生に捕まってしまいました。このとき、助けてくれたのは誰？

124 箒磨（ほうきみが）きセットに入っていないのは、コンパス、お手入れ用布、箒の尾鋏（おばさみ）？

125 ネズミのスキャバーズは体のある部分が欠けています。それはどこ？

126 ハリーが2年生のとき、ハグリッドはアズカバンに閉じこめられていました。さてその期間は、2週間、1ヶ月、それとも2ヶ月？

127 太った婦人（レディ）の代わりに、グリフィンドール寮の門番をつとめたのはほとんど首なしニック、それともカドガン卿（きょう）？

128 戦場や地下牢（ろう）など血の匂いのするところにひそむ、小鬼に似た生き物は赤帽鬼（レッドキャップ）、それとも一角獣（ユニコーン）？

Question

check!

129 おいでおいで妖精（ヒンキーパンク）や赤帽鬼（レッドキャップ）をかわしながら進む、障害物競走のような試験をした科目は何？

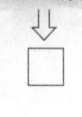

130 ハグリッドはバックビークのことを何と呼んでいる？ ビーキー、それともバーキー？

131 クィディッチ競技場で、ゴールの輪がついているのは地上何メートルのところ？ 15メートル、30メートル、それとも45メートル？

132 スリザリンとの試合前、ハリーはある人に「がんばってね」と言われ、顔を赤くしました。さて、ある人とは誰のこと？

133 シリウス・ブラックがホグワーツの生徒だったころ、いちばんの親友だったのは誰？

134 純金のゴブストーン・セットを売っていたのは、ダイアゴン横丁、それともホグズミード？

135 警備のトロールの一団が雇われたのは、グリフィンドール寮の入口にある何を守るため？

難易度
★★
ふつう

check!

136 ハリーが初めてシリウス・ブラックの脱獄を知ったのは、テレビのニュース、日刊予言者新聞？

137 ハリーがダーズリー家から逃げだしたのは、マージおばさんの滞在何日目の夜？ 初日、3日目、それとも最終日？

138 クリスマス休暇にホグワーツに残った生徒は、ハリー、ロン、ハーマイオニー以外に何人？ 0人、1人、3人、5人？

139 透明マントを着ていると、忍びの地図には現われない。○か×か？

140 ハーマイオニーは、ハリーにファイアボルトをくれたのは誰だと思っていた？

141 クリスマス・ディナーのとき、珍しく姿を見せてみんなを驚かせたのは誰？

142 パトローナスとは？ 守護霊、旧式の競技用箒、魔法省の下級役人？

143 グリフィンドール対レイブンクローの試合で、ペネロピー・クリアウォーターと賭けをしたのは誰？

Question

check!

144 シリウス・ブラックを救うため、ハリーとハーマイオニーに時間を戻すようほのめかしたのは誰？

145 ハリーがフローリシュ・アンド・ブロッツ書店で買った教科書は、次のうちどれ？「中級変身術」、「上級占い学」、「初心者用呪文集」？

146 ショールをまとい、腕輪を何本もしていて、すごくやせている先生は誰？

147 忍びの地図を作った仲間に入っていないのは、次のうち誰？ パッドフット、プロングズ、ワームヘッド、ムーニー。

148 夏休みに、ハリーがロンとハーマイオニーに会ったのは、ダイアゴン横丁のどのお店の前？

149 レイブンクローのクィディッチ・チームで、ただひとりの女子部員は誰？

150 うさん臭いやつが近づいてくると、光ってくるくる回りだす道具は何？

難易度
★★
ふつう

check!
↓

151 ロンが新しく買った杖に入っているのは、一角獣（ユニコーン）の毛、それともケンタウルスの毛？

152 「マグルはなぜ電気を必要とするか説明せよ」という作文を書かされたのは誰？

153 20世紀に登録簿（とうろくぼ）に記録された、動物もどき（アニメーガス）は何人？　1人、7人、11人、24人？

154 マージおばさんの滞在中、ハリーはフクロウのヘドウィグをどこに預けていた？

155 ハニーデュークスの一番奥のコーナーにかけられた看板に書いてあるのは異常な味、それともおいしい味？

156 スタン・シャンパイクの職業は？

Question

157 魔法生物飼育学の試験に出てきた生き物は? レタス食い虫(フロバーワーム)、それともヒッポグリフ?

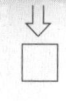

158 ハリーに「怪物的な怪物の本」をくれたのは誰?

159 ハリーが箒から落ちたとき、魔法で担架を出して乗せてくれたのはダンブルドア校長、ルーピン先生、マクゴナガル先生?

160 ハリーが守護霊(パトローナス)の呪文を練習するたびに、ルーピン先生はある食べ物をくれました。さてそれは何?

161 忍びの地図を作った4人のうち、ホグワーツの先生をしているのは誰?

162 ハリーの両親の結婚式で、花婿の付添人をつとめたのは誰?

163 ホグワーツでの3年目が終わり、キングズ・クロス駅に戻ってきたハリーを、お帰りなさいと抱きしめてくれたのはダドリー夫人、それともウィーズリー夫人?

難易度
★★
ふつう

check!

164 ハグリッドが初めての授業に連れてきた魔法生物は何?

165 シリウス・ブラックを救いだすために、ハリーとハーマイオニーが戻した時間は1時間、2時間、3時間?

166 シリウス・ブラックとジェームズ・ポッターが、動物に変身できるようになったのは、何年生のとき? 1年、3年、5年、6年?

167 ハーマイオニーが、4年生では取らないことにした科目は何?

168 ルーピン先生、シリウス・ブラック、ハリーたちが叫びの屋敷にいるとき、透明マントを着てやってきて、みんなを驚かせたのは誰?

169 吸魂鬼をやっつけるために、ハリーが魔法で出した生き物は、牡鹿、一角獣、まね妖怪?

170 ハリーが夜の騎士バスの車掌に名乗ったうその名前は?

ハリー・ポッターとアズカバンの囚人
難関Class

check!

171 怪我をしたドラコが医務室から戻ってきたのは、どの授業の途中？

172 箒の種類を紹介し、解説している本は？

173 マダム・ポンフリーの名前は、ポピー、ルーピン、ローズ、アイビー？

174 イースター休暇明けの最初の土曜日に開かれたのは何？

175 マージおばさんがダーズリー家に連れてきた犬の名前は？

176 ハリーたちをキングズ・クロス駅まで送るために、魔法省が寄こした車は何色？

Question

難易度 ★★★
むずかしい

check!
↓

177 ハーマイオニーがマグル学の100点満点のテストで取った点数は？ 99点、100点、200点、320点？

178 シリウス・ブラックをグリフィンドール寮に入れなかったのは誰？

179 焼かれるのが楽しくて、自分からすすんで47回も捕まった魔女は誰？

180 ハーマイオニーの試験で、古代ルーン語と時間が重なっているテストは何？

181 ホグワーツから小グズミードへの抜け道は、何本？

182 スネイプ先生が、ネビルの作った縮み薬を試すのに使った生き物は何？

Question

check!

183 ハーマイオニーは何月生まれ？

184 ビー玉に似た魔法のゲームは何？

185 スネイプ先生がルーピン先生のために毎月作っているのは、どんな薬？

186 ハリーの誕生日に、ロンがプレゼントしてくれたのは何？

187 クィディッチ開幕戦で、スニッチを取ったのは誰？

188 ハリーが「怪物的な怪物の本」を縛った物は？

189 ホグワーツからホグズミードへの抜け道のうち、フィルチが知っているのは？ 2本、4本、5本、それとも6本？

難易度
★★★
むずかしい

check!

190 洋箪笥に入ったまね妖怪(ボガート)と最初に対決した生徒は誰?

191 アズカバンから抜けだしたシリウス・ブラックは東西南北どの方角に旅した?

192 「怪物的な怪物の本」を噛みつかれずに開く方法は?

193 ファイアボルトの柄には何が使われている?

194 ハリーたちが、バックビークを処刑するよう働きかけたと考えたのは誰?

195 スネイプ先生の教え方を批判して、処罰を受けたのは誰?

Question

check!

196 トレローニー先生は、クラスの誰かといつごろ永久にお別れすることになる、と予言した？

197 バックビークの処刑が予定されていたのは何月何日？

198 ハリーが夜の騎士バスに乗っているとき、マダム・マーシが降りたのはどこ？

199 コーネリウス・ファッジは、誰にマーリン勲章・勲2等を与えるつもりだと言った？

200 ハーマイオニーがハリーの誕生日プレゼントを買ったのは？

201 クリスマスの昼食時、スネイプ先生がクラッカーを引っぱると、中から魔女の三角帽子が出てきました。さて、帽子のてっぺんについていたのは何の剥製？

難易度
★★★
むずかしい

check!

202 夜の騎士バスの運転手の名前は？

203 グリフィンドールは何年間、クィディッチの優勝を逃していた？

204 ロンの新しい杖の長さは、23センチ、28センチ、それとも33センチ？

205 ハリーはダーズリー家のどこに、宿題や誕生祝カードを隠していた？

206 魔法動物ペットショップの魔女は、ネズミの寿命はふつう何年だと言っていた？

207 マージおばさんをパンクさせるために、ダーズリー家に派遣されたのは何という役所の魔法使い？

208 シリウス・ブラックがホグワーツにやってきたことを、ダンブルドア先生に教えたのは誰？

Question しつもん

check!

209 ハリーの誕生日に、ハーマイオニーがくれたプレゼントは何？

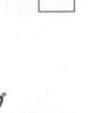

210 ハリー、ロン、ハーマイオニー、シリウス・ブラックをホグワーツ城に運ぶために、魔法で担架を作りだしたのは誰？

211 ハリーの新しい箒に呪いがかけられていないかどうか、分解して調べることになったのは、マダム・フーチともうひとり、どの先生？

212 ドラコ・マルフォイの子分、クラッブの名前は何？

213 ファイアボルトは何秒で時速240kmまで加速できる？

214 ルーピン先生が最初の授業で使った道具はただひとつ…それは何？

215 夏休みが始まってから、ハリーは何週間ホグワーツの友だちと連絡を取らなかった？

難易度
★★★
むずかしい

check!

216 見た目は鱗のあるサルみたいで、池の中に人を引っぱりこんで絞め殺す生き物は何？

217 ハリーが3年生のとき、レイブンクローのシーカーをしていたのは誰？

218 ハリー、ロン、ハーマイオニーに、占い学の教室の場所を教えてくれた、絵の中の騎士は誰？

219 ホグワーツの生徒だったころのシリウス・ブラックのニックネームは、プロングズ、ワームテール、パッドフット？

220 「魔法史」の著者は？

221 グリンゴッツ銀行にある、シリウス・ブラックの金庫番号は、911番、711番、それとも811番？

222 クリスマス・ディナーのとき、大広間には何人分の席が用意されていた？

Question

223 ピーター・ペティグリューの遺体で、いちばん大きく残っていたのはどこ？

224 ハリーは漏れ鍋の何号室に泊まった？

225 忍びの地図を白紙に戻す呪文は？

226 ハリーが夜の騎士バスを降りてすぐに出会ったのは誰？

227 ピーター・ペティグリューと手錠でつながったのは、誰と誰？

228 ファイアボルトを7本注文した、ワールドカップの本命チームは？

229 変身術の試験の課題は、ティーポットを何に変えること？

難易度
★★★
むずかしい

check!
⇩

230 狐に殺されたウサギのビンキーを飼っていたのは誰？

231 ロンの杖を使って、ハリーとハーマイオニーの杖を取りあげたのは誰？

232 カッサンドラ・バブラツキーが書いた本は？題名に「霧」ということばが入っています。

233 ルーピン先生が、授業でまね妖怪（ボガート）退治をさせたのは、どの部屋？

234 ハリーのホグズミード行き許可証に、偽のサインをしようと言ったのはどの生徒？

235 夜の騎士（ナイト）バスのベッドは何でできている？

236 ハリーが夜の騎士（ナイト）バスを初めて見た通りは？

Question

check!

237 クィディッチの開幕戦、グリフィンドールは何点差で負けた？

238 スリザリンのペナルティ・スローを防いだ、グリフィンドールの選手は誰？

239 ホグワーツの大広間に飾られたクリスマス・ツリーは何本？

240 あるクリスマス、マージおばさんがダドリーにコンピュータ仕掛けのロボットをプレゼントしたとき、ハリーにくれたのは何？

241 ロンがワニの心臓をマルフォイに投げつけたせいで、グリフィンドール寮は何点減点された？

242 ルーピン先生が学校を辞めるときに、ハリーにくれたのは忍びの地図ともうひとつ何？

243 ハーマイオニーがネビルの縮み薬作りを手伝ったために、スネイプ先生はグリフィンドールから何点減点した？

難易度
★★★
むずかしい

check!

244. 人を沼地に誘う、1本足の小さな生き物は何？

245. シリウス・ブラックは、たったひとつの呪文で何人殺したと言われていた？

246. フレッドとジョージは、パーシーの「首席」バッジを何と書きかえた？

247. スネイプ先生がルーピン先生の代理で授業をしたとき、予定を無視して教えたのはどんな生き物？

248. 杖の先の明かりを消す呪文は？「ノ」で始まります。

249. ルーピン先生が、ワディワジ、逆詰め！ と呪文を唱えたとき、鼻にチューインガムが命中したのは誰？

250. ダドリーが夏休みの「お帰りなさい」プレゼントとして、両親からもらった電気製品は何？

Answer こたえ

入門クラス　　　　　　　　　　　難易度 ★ やさしい

1. ルーピン先生
2. ホグズミード
3. ピーブズ
4. 占い学
5. ○
6. 天文学
7. ○
8. グリフィンドール
9. ハッフルパフ
10. ダーズリー氏
11. セドリック・ディゴリー
12. ファイアボルト
13. 夜の騎士バス（ナイト）
14. 4年生
15. ハグリッド
16. お菓子
17. ○
18. ファイアボルト
19. 吸魂鬼（ディメンター）
20. ○
21. スネイプ先生
22. シリウス・ブラック
23. 三本の箒
24. ルーピン先生
25. グリフィンドール
26. マクゴナガル先生
27. 紅茶
28. ×　狼人間
29. スネイプ先生
30. スキャバーズ
31. 漏れ鍋
32. クィディッチ・ワールドカップ
33. 紫
34. ×　シリウス・ブラック
35. 闇の魔術に対する防衛術
36. 窓があいた
37. ピーター・ペティグリュー
38. 試験が終わる日
39. 水の中
40. 3階建て
41. シリウス・ブラック
42. 膨れあがってまん丸になった
43. ×　マグルがひとりもいない村
44. 暴れ柳
45. まね妖怪（ボガート）
46. ホグズミード
47. 杖
48. 犬

49. シリウス・ブラック	50. ✕ 行かなかった
51. 死神犬(グリム)	52. ○
53. ネビル	54. ロン
55. 猫	56. 漏れ鍋の前
57. ○	58. 箒
59. 三本の箒	60. ヘルメス
61. ヒッポグリフ	62. トム
63. 水魔	64. ○
65. ロンドン	66. グリフィンドール
67. ハリー	68. ✕ 合格した
68. 魔法生物飼育学	70. 占い学
71. ○	72. ドラコ
73. ハーマイオニー	74. ハリー
75. シリウス・ブラック	76. ホグズミード
77. ✕ 動物に変身できる魔法使い	78. お辞儀をする
79. 吸魂鬼(ディメンター)	80. ピーター・ペティグリュー
81. アイスクリーム・パーラー	82. ハーマイオニー
83. ハリー	84. クルックシャンクス
85. ハグリッド	86. チョコレート
87. ハリー	88. シリウス・ブラック
89. フレッドとジョージ	90. マクゴナガル先生

普通クラス　　　　　　　　　難易度 ★★ ふつう

91. ルーピン先生	92. ジェームス・ポッター （ハリーのお父さん）
93. 12年	94. バンシー妖怪
95. フランス	96. 占い学
97. リディクラス、ばかばかしい!	98. ピーター・ペティグリュー

Answer
こたえ

99. 死刑執行人	100. オリバー・ウッド
101. ハグリッド	102. ロン
103. 水魔 (グリンデロー)	104. ビル・ウィーズリー
105. まね妖怪 (ボガード)	106. ドラコ
107. ジェームズ・ポッター（ハリーのお父さん）	108. 2台
109. エジプトで休暇を過ごした	110. ネビル
111. コーネリウス・ファッジ	112. 大広間
113. 700ガリオン	114. スネイプ先生
115. スリザリン	116. ルーピン先生
117. ドラコ	118. マージおばさん
119. ココア	120. ルーピン先生
121. 忍びの地図	122. ハニーデュークス
123. ルーピン先生	124. お手入れ用布
125. 足の指1本	126. 2ヶ月
127. カドガン卿	128. 赤帽鬼 (レッドキャップ)
129. 闇の魔術に対する防衛術	130. ビーキー
131. 15メートル	132. チョウ・チャン
133. ジェームズ・ポッター（ハリーのお父さん）	134. ダイアゴン横丁
135. 太った婦人 (レディ) の肖像画	136. テレビのニュース
137. 滞在最終日	138. 3人
139. × 現われる	140. シリウス・ブラック
141. トレローニー先生	142. 守護霊
143. パーシー	144. ダンブルドア校長
145. 中級変身術	146. トレローニー先生
147. ワームヘッド	148. フローリアン・フォーテスキュー アイスクリーム・パーラー

149. チョウ・チャン
150. 携帯かくれん防止器（スニーコスコープ）
151. 一角獣（ユニコーン）
152. ハーマイオニー
153. 7人
154. ウィーズリー家
155. 異常な味
156. 夜の騎士（ナイト）バスの車掌
157. レタス食い虫（フロバーワーム）
158. ハグリッド
159. ダンブルドア校長
160. チョコレート
161. ルーピン先生
162. シリウス・ブラック
163. ウィーズリー夫人
164. ヒッポグリフ
165. 3時間
166. 5年生
167. マグル学
168. スネイプ先生
169. 牡鹿
170. ネビル・ロングボトム

難関クラス　　　　　難易度 ★★★ むずかしい

171. 魔法薬学
172. 賢い杖の選び方
173. ポピー
174. スリザリン対グリフィンドールのクィディッチの試合
175. リッパー
176. 深緑色
177. 320点
178. 太った婦人（レディ）
179. 変わり者のウェンデリン
180. 呪文学
181. 7本
182. ペットのヒキガエル
183. 9月生まれ
184. ゴブストーン
185. トリカブト系の脱狼薬（だつろうやく）
186. 携帯のかくれん防止器（スニーコスコープ）
187. セドリック・ディゴリー
188. ベルト
189. 4本
190. ネビル
191. 北
192. 指で本の背表紙を撫でる
193. 最高級トネリコ材
194. ルシウス・マルフォイ
195. ロン
196. イースターのころ
197. 6月6日
198. アバーガブニー
199. スネイプ先生
200. ふくろう通信販売

Answer
こたえ

201. ハゲタカ
202. アーニー・プラング
203. 7年間
204. 33センチ
205. 床板の緩んだところ
206. 3年
207. 魔法事故巻戻し局
208. ピーブズ
209. 箒磨きセット
210. スネイプ先生
211. フリットウィック先生
212. ビンセント
213. 10秒
214. 杖
215. 5週間
216. 河童(カッパ)
217. チョウ・チャン
218. カドガン卿
219. パッドフット
220. バチルダ・バグショット
221. 711番
222. 12人分
223. 指1本
224. 11号室
225. いたずら完了!
226. コーネリウス・ファッジ
227. ルーピン先生とロン
228. アイルランド・インターナショナル・サイド
229. 陸亀
230. ラベンダー・ブラウン
231. シリウス・ブラック
232. 未来の霧を晴らす
233. 職員室
234. ディーン・トーマス
235. 真鍮
236. マグノリア・クレセント通り
237. 100点差
238. オリバー・ウッド
239. 12本
240. 犬用ビスケット
241. 50点
242. 透明マント
243. 5点
244. おいでおいで妖精(ヒンキーパンク)
245. 13人
246. 石頭
247. 狼人間
248. ノックス、消えよ!
249. ピーブズ
250. テレビ

ハリー・ポッターとアズカバンの囚人 成績表

点数計算
正解の数にそれぞれの点数をかけて合計してみよう。

正解数

□ やさしい ×1点 → □

□ ふつう ×3点 → □

□ むずかしい ×5点 → □

合計点数 □

結果発表
あなたのレベルは、魔法界の食べ物でいうと…

650点以上
レベル バタービール
おいしすぎます…いや、ごめんなさい。お見事すぎます！ あなたは、ほんとうにマグルですか。

649〜450点
レベル 百味ビーンズ
うーん、知識にだいぶムラがあるようですね。チョコレート味と鼻クソ味くらい。ケアレスミスに気をつけて。

449〜250点
レベル 蛙チョコレート
ローマは一日にしてならず。知識もまた同じ。写真入りカードを集めるように、地道に勉強を続けましょう。

249〜100点
レベル ベロベロ飴
ほかのことに夢中になって、勉強をなまけていませんか。ウィーズリー夫人に叱られちゃいますよ。

99点以下
レベル ゴキブリ・ゴソゴソ豆板
きっとまだ、あなたの力が発揮されていないだけ。異常な味のこのお菓子について、明かされていないように…。

魔法界のこと、もっと知りた～い！

呪文篇

　部屋の片づけが面倒な時、お使いや用事を言いつけられた時、魔法が使えたらいいなぁって思ったりしませんか。呪文を唱えれば、またたくまになんでもできちゃう…。

　でも、冷静にハリーたちを観察してみると、4年間で学んだ呪文だけでも、かなりの数になっています。しかも、どちらかというと複雑なうえに、少しでも間違えると、爆発したりと大変なことに…。

　「ルーモス　光よ！」ぐらいかんたんで、ふだんの生活で使えるものなら忘れることもないでしょうが、「エクスペリアームス！　武器よ去れ！」のように、滅多に口にしないものだと、いざという時に困ってしまいそう。「あれっ、なんだっけ…」とまごまごしていたら、敵にやられてしまいます。

　姿現わし術で失敗して、バラけてしまった人もいるとか。魔法使いや魔女というのは、楽そうに見えて、けっこう大変なのかもしれません。なにごとも、努力が必要なのですね。

交通篇

　魔法使いや魔女たちの移動手段として、これまで箒、ホグワーツ特急、夜の騎士バス（ナイトバス）、移動キー（ポートキー）、姿現わし術、馬車、空飛ぶ絨毯などが登場しました。どれも、チャンスがあったらぜひ体験してみたいものばかりです。シリウス・ブラックのように、ヒッポグリフにも乗るのもスリリングでおもしろそうですよね。

　魔法で空を飛べるようになった車のように、マグルの乗り物も登場しています。ウィーズリー家では、ふつうのタクシーも使ってましたし、ハリーと一緒にロンドンに出かけたハグリッドは、地下鉄に乗っていました。もっとも、あまりうまくは使いこなしていないようでしたが、電車の中で隣に座った人が、実は魔法使いだったということは、じゅうぶんにあり得るかもしれません。

　いろいろな手段を活用している魔法界ですが、エジプトを訪れたウィーズリー家のように、海外に行く場合はどうするのでしょう。長時間箒に乗るのは、お尻が疲れそうで…ちょっと遠慮したいですね。

第4章

ハリー・ポッターと炎のゴブレット

思いがけず三大魔法学校対抗試合(トライウィザード・トーナメント)の代表選手(だいひょうせんしゅ)に選ばれたハリー。いったい誰(だれ)が、何の目的(もくてき)で彼の名前を炎のゴブレットに入れたのか? クィディッチ・ワールドカップの日に空に浮かんだ闇(やみ)の印の意味は? からみあった謎(なぞ)、謎、謎…。試合の課題(かだい)をなんとかクリアしていくハリーに、これまでにない恐怖(きょうふ)と危険(きけん)が襲(おそ)いかかります…。

ハリー・ポッターと炎のゴブレット 入門Class

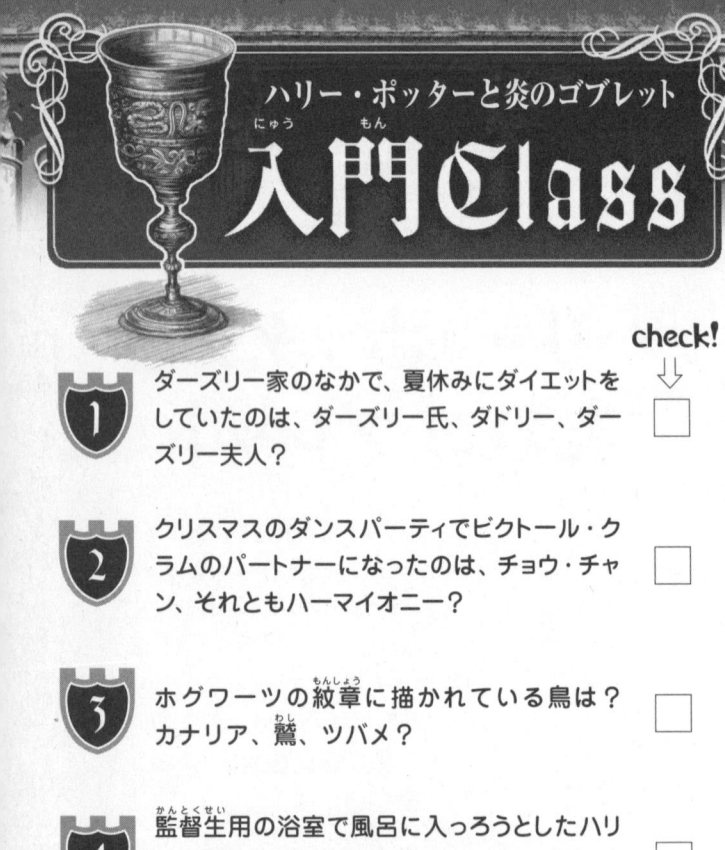

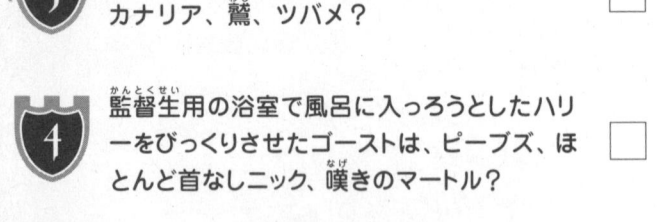

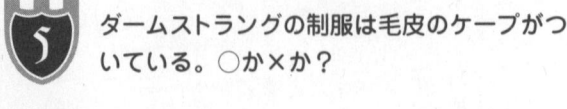

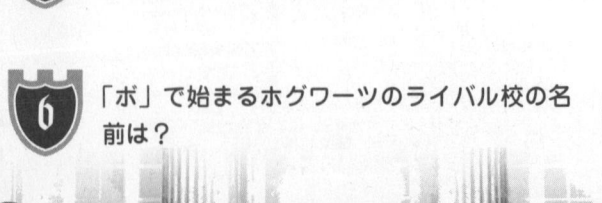

check!

1. ダーズリー家のなかで、夏休みにダイエットをしていたのは、ダーズリー氏、ダドリー、ダーズリー夫人?

2. クリスマスのダンスパーティでビクトール・クラムのパートナーになったのは、チョウ・チャン、それともハーマイオニー?

3. ホグワーツの紋章に描かれている鳥は? カナリア、鷲、ツバメ?

4. 監督生用の浴室で風呂に入ろうとしたハリーをびっくりさせたゴーストは、ピーブズ、ほとんど首なしニック、嘆きのマートル?

5. ダームストラングの制服は毛皮のケープがついている。○か×か?

6. 「ボ」で始まるホグワーツのライバル校の名前は?

Question

難易度
★
やさしい

check!

7 三大魔法学校対抗試合の代表選手を選ぶために使われたものは、炎のゴブレット、フェニックス、金の卵？

8 ピッグという名前の豆フクロウの飼い主は、ロン、それともジニー？

9 炎のゴブレットからハリーの名前が出てきたのは、3番目。○か×か？

10 ほとんど一分の隙もなく切手が貼られた封筒でダーズリー家に手紙を送ったのは、ウィーズリー氏、それともウィーズリー夫人？

11 ハグリッドの両親のうちで巨人だったのはどちら？

12 リータ・スキーターが記者をしているのは「週刊魔女」。○か×か？

Question しつもん

13 三大魔法学校対抗試合(トライウィザード・トーナメント)のダームストラングの代表選手は、ビクトール・クラム、それともフラー・デラクール？

14 第二の課題のヒントが入っていた金色のものは、オルゴール、卵、財布？

15 レプラコーンが降らせる金貨は数時間経つと増える。○か×か？

16 クィディッチ・ワールドカップの会場でハリーたちのそばに座っていた屋敷しもべ妖精は、ドビー、それともウィンキー？

17 英語が上手になりたいからまたイギリスに来たいと言ったのは、ビクトール・クラム、それともフラー・デラクール、マダム・マクシーム？

18 スリザリンの垂れ幕の色は、金、赤、緑？

難易度
★
やさしい

check!

19 ハリーたちがストーツヘッド・ヒルで会った親子の苗字は、ディゴリー、ディグリー、ディガリー？

20 ハリーの死を繰り返し予言する先生は、スネイプ先生、それともトレローニー先生？

21 クリスマスのダンスパーティで演奏したグループは、妖女シスターズ、妖女プリンセス、妖女クイーン？

22 ナギニの長さは2メートル、4メートル、それとも6メートル？

23 ヴォルデモートの命令でハリーを墓石に縛りつけたのは、ルシウス・マルフォイ、それともワームテール？

24 三大魔法学校対抗試合の勝者に与えられる賞金はいくら？ 50ガリオン、100ガリオン、1000ガリオン？

Question

25 グリフィンドールの垂れ幕に描かれているライオンの色は金、銀、それともブロンズ？

26 フレッドとジョージが開きたいと思っているのはどんな店？ パブ、悪戯専門店、杖屋？

27 ダンブルドア校長はコーネリウス・ファッジに、魔法省は誰と手を組むべきだと言った？ 巨人、死喰い人、吸魂鬼？

28 夏休みにハリーに大きなフルーツケーキとミートパイを送ってくれたのは、ウィーズリー夫人、それともジニー？

29 ドビーが帽子代わりに頭に被っていたものは、ソックス、ティーポット・カバー、それともエプロン？

30 ホグワーツ城の大広間に置かれているテーブルの数は、4つ、5つ、6つ？

31 グラブリー-プランク先生は誰の授業を引き継いだ？ トレローニー先生、ハグリッド、スネイプ先生？

難易度
★
やさしい

check!

32 小鬼(ゴブリン)に借金をしていたのは、バーティ・クラウチ、それともルード・バグマン？

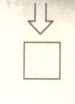

33 ドラコのデンソージオの呪いが当たって長く伸びたのは、ハーマイオニーの体のどの部分？ 髪(かみ)、爪(つめ)、歯？

34 ハグリッドが自分と同じ半巨人(ハーフ・ジャイアント)だと思った相手は、カルカロフ、フリットウィック先生、マダム・マクシーム？

35 アバダ ケダブラの呪いを受けながら見事に生き残ったホグワーツの生徒は、ドラコ、ハリー、ネビル？

36 髪をポニーテールにしてイヤリングをつけているのは、チャーリー、パーシー、ビル？

37 ルード・バグマンはどこのクィディッチ・チームの選手だった？ チャドリー・キャノンズ、ウイムボーン・ワスプス、それともウッドランド・ワンダラーズ？

Question

check!

38 優勝杯の見えるところで、ハリーはセドリック・ディゴリーをどんな生き物の攻撃から救った？ 巨大なクモ、巨大なイカ、巨大なライオン？

39 ダームストラングの校長はカルカロフである。○か×か？

40 最初の課題をクリアするためにハリーが使ったものは、箒、万眼鏡（オムニキュラー）、ガリオン金貨？

41 ハリーが両親をヴォルデモートに殺されたのは何歳のとき？ 1歳、2歳、3歳？

42 闇の印は、誰の印？ ヴォルデモート、それともダンブルドア校長？

43 パーシーの上司は、ダーズリー氏、リータ・スキーター、バーティ・クラウチ？

難易度
★
やさしい

check!

44 杖調べの儀式のときにハリーにインタビューした新聞記者は、リータ・スキーター、それともオリバンダー老人？

45 ハリーが手紙を書いている相手で、ダーズリー氏が自分の家に現われるのを恐れている人は、ヴォルデモート、それともシリウス・ブラック？

46 ハリーは賞金1000ガリオンを誰にあげた？ジニー、フレッドとジョージ、ドビー？

47 屋敷しもべ妖精の保護団体をつくったのは、ルシウス・マルフォイ、ハーマイオニー、マクゴナガル先生？

48 第三の課題についての説明が行われたあと、ハリーとふたりきりで話したいと言ったのは、ビクトール・クラム、それともチョウ・チャン？

49 クィディッチ・ワールドカップの決勝戦でアイルランドと対戦した国は、ブルガリア、タンザニア、ルーマニア？

Question

50 闇の魔術に対する防衛術の新しい先生は、シリウス・ブラック先生、それともムーディ先生？

51 リータ・スキーターが新聞にハリーのガールフレンドだと書いた生徒は、ジニー、ハーマイオニー、パーバティ・パチル？

52 今見たばかりのシーンをスローモーションで再生できる双眼鏡を万眼鏡(オムニキュラー)という。○か×か？

53 イギリスで一番たくさん屋敷しもべ妖精がいる場所は、ホグズミード、それともホグワーツ？

54 あらかじめ指定された時間に、魔法使いたちをある地点から別の地点に移動させるのに使うものは？ 移動キー(ポート)、移動バス(ポート)、移動テント(ポート)？

55 最初の課題でハリーが競技を行った順番は1番目、2番目、それとも最後？

難易度 ★
やさしい

check!
↓

56 グリフィンドールの垂れ幕の色は赤、オレンジ、それとも紫？

57 クィディッチ・ワールドカップで優勝した国は、アイルランド、それともブルガリア？

58 ロンがホグワーツを離れるときになってやっとサインを頼んだ相手は、フラー・デラクール、それともビクトール・クラム？

59 リータ・スキーターはどんな生き物に化けてホグワーツ内を嗅ぎまわってた？ コガネムシ、カブトムシ、テントウムシ？

60 ヴォルデモートの支持者が自分たちにつけた呼び名は、闇祓い(オーラー)。○か×か？

61 ダームストラングの代表団はどうやってホグワーツに来た？ 空路、陸路、それとも水路？

62 グラブリー-プランク先生が、最初の授業で題材として取り上げた生き物は？ 一角獣(ユニコーン)、ピクシー小妖精、レプラコーン？

Question

63 第二の課題が行われる前に、ハリーに鰓昆布をくれたのは、ドビー、ハグリッド、それともシリウス・ブラック？

64 ウィーズリー氏がクィディッチ・ワールドカップの試合に賭けたのは、1シックル、1ガリオン、それとも5ガリオン？

65 一角獣(ユニコーン)の赤ちゃんの色は、金色、それとも銀色？

66 炎のゴブレットは何でできている？ 木、ガラス、それとも金？

67 ビクトール・クラムはどこの国のクィディッチ・チームの選手？ ブルガリア、アイルランド、エジプト？

68 ハリーが最初にダンスパーティのパートナーを申し込んだ相手は、ラベンダー・ブラウン、パーバティ・パチル、チョウ・チャン？

69 クィディッチ・ワールドカップ決勝戦でスニッチを捕った選手は、ビクトール・クラム。○か×か？

難易度
★
やさしい

check!

70 リータ・スキーターをつかまえてガラス瓶の中に閉じ込めたのは、ハリー、ロン、ハーマイオニー?

71 ハリーがふたりの親友から誕生日のカードを受け取ったのは何月? 1月、7月、10月?

72 垂れ幕に黒いアナグマが描かれているのは、スリザリン、それともハッフルパフ?

73 ある場所から姿を消し、そのあとすぐ別の場所に現われる術は? 姿現わしの術、それとも姿移しの術?

74 自分の腕の闇の印を、ダンブルドア校長たちに見せたのは、ルシウス・マルフォイ、スネイプ先生、カルカロフ?

75 ムーディ先生が、魔法で白イタチに変えたのは、ハーマイオニー、ロジャー・デイビース、ドラコ?

76 レイブンクローの垂れ幕の色は、青、黄色、オレンジ色?

Question

77 ハリーが湖の中で出会ったゴーストは、嘆きのマートル。○か×か？

78 クリスマスにドビーがハリーにプレゼントしたものは、靴下、シャツ、マント？

79 迷路の中で、実際には移動キー(ポートキー)だったものは、スフィンクス、優勝杯、巨大なクモ？

80 新学期、生徒たちがホグワーツに到着したとき、水爆弾を落としたのは、フィルチ、ピーブズ、ミセス・ノリス？

81 炎のゴブレットのまわりに年齢線を引いたのは、ダンブルドア校長、マクゴナガル先生、スネイプ先生？

82 ハリーと一緒に優勝杯を取ろうとしたのは、ヴォルデモート、セドリック・ディゴリー、フラー・デラクール？

83 ダンブルドア校長が、今年は取りやめにするといった行事は、クリスマスパーティ、それとも寮対抗クィディッチ試合？

難易度
★
やさしい

check!

84 金の卵を持って風呂に入ればいい、とハリーに助言してくれたのは、ハグリッド、セドリック・ディゴリー、ハーマイオニー？

85 チョウ・チャンはクリスマスのダンスパーティにセドリック・ディゴリーと行った。○か×か？

86 ハリーの杖とヴォルデモートの杖に入っているのは、不死鳥フォークスの羽根、一角獣(ユニコーン)の角、狼の毛？

87 第三の課題が行われたのは、クィディッチ競技場、湖、禁じられた森？

88 ホグワーツに運ばれてきた4頭のドラゴンを、ハグリッドが見せに連れていったのはハリーとカルカロフ、マダム・マクシーム、リー・ジョーダン？

89 林の中で気を失っているところを、エイモス・ディゴリーに発見されたのは、ハリー、ウィンキー、ワームテール？

90 リータ・スキーターが使っているのは自動速記羽根ペンAAA、GGG、QQQ？

ハリー・ポッターと炎のゴブレット
普通Class

check!

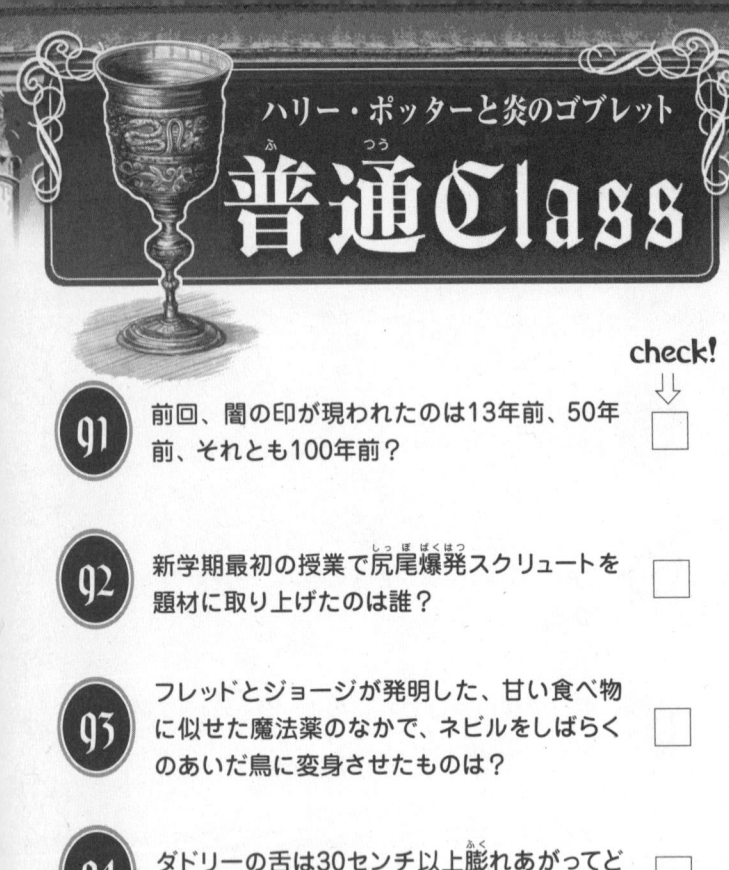

91 前回、闇の印が現われたのは13年前、50年前、それとも100年前？

92 新学期最初の授業で尻尾爆発スクリュートを題材に取り上げたのは誰？

93 フレッドとジョージが発明した、甘い食べ物に似せた魔法薬のなかで、ネビルをしばらくのあいだ鳥に変身させたものは？

94 ダドリーの舌は30センチ以上膨れあがってどんな色になった？

95 三大魔法学校対抗試合（トライウィザード・トーナメント）の代表選手たちが免除されるものは？

96 第三の課題に使われた生け垣の高さは3メートル、6メートル、9メートル、それとも12メートル？

Question

難易度
★★
ふつう

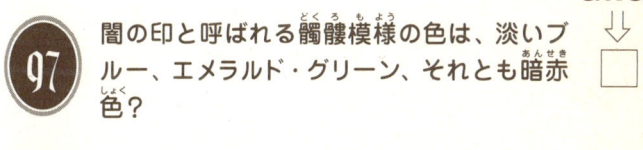

97 闇の印と呼ばれる髑髏模様の色は、淡いブルー、エメラルド・グリーン、それとも暗赤色?

98 フラー・デルクールの髪の色は?

99 パーバティ・パチルがクリスマスのダンスパーティに一緒に行ったのは誰?

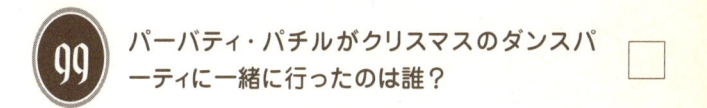

100 ホグワーツの生徒がO.W.L.試験を受けるのは何歳?

101 第二の課題で、ビクトール・クラムが変身しようとしてなりそこなったのは何?

102 ヴォルデモートは、どれだけの間、リドルの館に滞在するつもりでいた?

Question

103 最初の課題で、ルード・バグマンがハリーにつけた点数は、10点満点中何点?

104 ムーディ先生は、どのくらいの期間、闇の魔術に対する防衛術を教えることになっていた?

105 第二の課題で、セドリック・ディゴリーが湖から助けだすことになっていたのは誰?

106 肌は灰色味を帯び、髪は長く暗緑色の生き物は何?

107 巨人(ジャイアント)の身長は? 3メートル、3.5メートル、6メートル、9メートル、さて何メートル?

108 ハリーが透明マントを着ていても、見透かしてしまうのはどの先生?

109 シリウス・ブラックの手紙をハリーに届けたのは、どんな生き物?

難易度
★★
ふつう

check!

110 第一の課題で、最初に挑戦した選手は誰？

111 ウィーズリー氏は電気のことをなんと言った？

112 クィディッチの元イングランド代表選手で、かつてヴォルデモートの支持者に情報を渡したとして裁判にかけられのは誰？

113 自分の息子をアズカバンに送ったのは誰？

114 バーサ・ジョーキンズを殺したのは誰？

115 ハーマイオニーがS.P.E.W(しもべ妖精福祉振興協会)の財務担当に指名したのは誰？

Question

check! ↓

116 クィディッチ・ワールドカップの決勝戦で、先取点をあげたのは次のうち誰？ トロイ、クラム、イワノバ、モラン。

117 フレッドとジョージが脅迫していたのは誰？

118 三大魔法学校対抗試合の代表候補に名乗りをあげることが許されたのは何歳以上の生徒？

119 ハリーの脚の怪我を、涙で治してくれたのは？ フォークス、ダンブルドア校長、シリウス・ブラック、マダム・ポンフリー？

120 湖の中からガブリエル・デラクールを助けだしたのは誰？

121 何でもこじあける道具とどんな結び目でも解ける道具がついたペンナイフを、ハリーにくれたのは誰？

122 クィディッチ・ワールドカップで、ウェールズが負けたのはどこのチーム？ ウガンダ、ルワンダ、それともアルジェリア？

難易度
★★
ふつう

check!

123 ワームテールが切り落とした手首を、魔法で元に戻したのは誰?

124 ハッフルパフの寮監は誰?

125 お母さんの名前はナルシッサ。さてこの生徒は誰?

126 交差した金色の杖が紋章なのは、どこの学校?

127 フレッドとジョージは、ルード・バグマンの前でだまし杖を何に変えて見せた? カエル、犬、鶏?

128 リトル・ハングルトンの村にあるパブの名前は? とってもこわい名前です。

129 キャンプ場の管理人は、次のうち誰? ペインさん、ロバーツさん、ジョーンズさん、レイノルズさん?

Question

check!

130 クリスマス・ダンスパーティのあと、ハリーとロンが見かけたのはカルカロフがと誰と話しているところ？

131 ムーディ先生が授業で服従の呪文をかけた生き物はクモ、ドラゴン、屋敷しもべ妖精？

132 ドラコに呪文をかけられ、歯が伸びてしまったハーマイオニーに、「いつもと変わりない」と、ひどいことを言った先生は誰？

133 寝室が12もある、ジャクージつきのテントを弁償しろと、損害賠償を求めたのは誰？ バーティ・クラウチ、ビクトール・クラム、マンダンガス・フレッチャー？

134 ロンがクリスマス・プレゼントにもらった帽子は、どのクィディッチ・チームのもの？

135 フレッドとジョージが発明したお菓子で、食べると舌がどんどん伸びるものは何？

難易度 ★★ ふつう

check!

136 いやがらせの手紙をあけたら、液体が噴きだし、手にブツブツの腫れ物ができたのは誰？

137 以前カルカロフを逮捕して、アズカバンに送ったのは誰？

138 三大魔法学校対抗試合(トライウィザード・トーナメント)が始まったのは、400年前、700年前、それとも900年前？

139 小鬼(ゴブリン)が話すことばは、次のうちどれ？ ヴィーラ語、ブルガリア語、泣き妖怪(バンシー)語、ゴブリディグック語？

140 泣き喚いていた金の卵は、お湯の中に沈めるとどうなった？

141 闇の魔法使い捕獲人のことを何と呼ぶ？ 頭に「オ」がつきます。

142 血のような深紅のローブが制服になっている魔法学校の名前は？

Question

check!

143 ロンがクリスマス・ダンスパーティに誘ったのに、無視して返事もしなかったボーバトンの生徒は誰？

144 ブルガリアのクィディッチ・チームがワールドカップに連れてきたマスコットは？

145 ホグワーツ特急の中で、コンパートメントのドアを怒って力まかせに閉め、ガラスを割ってしまったのは誰？

146 ヴォルデモートと闘ったハリーを、抱えるようにしてホグワーツ城まで連れて行ったのは誰？

147 クィディッチ・ワールドカップで審判をつとめたのは、どこの国の人？ エジプト、フランス、ブルガリア？

148 対抗試合の代表選手の杖調べをしたのは誰？

149 ハリーに対抗試合の賞金を手渡したのはコーネリウス・ファッジ、それともルード・バグマン？

難易度
★★
ふつう

check!

150) ハリーが買った方眼鏡(オムニキュラー)はいくつ?

151) ロンのレースつきドレスローブは栗色、それとも水色?

152) バーサ・ジョーキンズがワームテールに捕まったのは、ヨーロッパのどこ? アルバニア、スロベニア、ブルガリア?

153) 三大魔法学校対抗試合(トライウィザード・トーナメント)の代表選手のなかで、ヴィーラの血が入っているのは誰?

154) 今までアバダ ケダブラの呪文を受けて生き残ったのは何人?

155) フレッドとジョージは、炎のゴブレットに自分たちの名前を入れようとして、どんな魔法薬を使った?

156) クィディッチ・ワールドカップ決勝戦で、ビクトール・クラムの鼻を直撃したのは何?

Question

157 カルカロフの名前はアイバン、アルバス、イゴール、それともグレゴール？

158 グリフィンドールのクィディッチ・チームの元キャプテンで、パドルミア・ユナイテッドと二軍入りの契約を交したのは誰？

159 三大魔法学校対抗試合(トライウィザード・トーナメント)の代表選手選定式に、バーティ・クラウチとともに出席した魔法省の役人は誰？

160 ハリーの金の卵がスネイプ先生に見つかったときに、取り戻してくれたのは誰？

161 第二の課題が行われる前夜、ハリーがいたのはどこ？

162 ウィーズリー家の時計には針が何本ある？

163 呼び寄せ呪文を使って、フレッドとジョージのポケットからひっかけ菓子を出させたのは誰？

難易度
★★
ふつう

check!

164 第二の課題の制限時間は何時間？

165 クリスマスのダンスパーティで、ジニーのパートナーになったのは誰？

166 スネイプ先生の部屋に侵入するところをハリーが目撃してしまったのは誰？

167 現在もまだイギリスに住んでる巨人(ジャイアント)の数は？ 数百人、数千人、それとも1人もいない？

168 レイブンクローのクィディッチ・チームのキャプテンだったのは、オリバー・ウッド、シェーマス・フィネガン、それともロジャー・デイビーズ？

169 ハリー、ロン、ハーマイオニーは、二本の箒でルード・バグマンがどんな生き物と話しているの見かけた？

170 フレッドとジョージの悪戯おもちゃビジネスの名前は何？

ハリー・ポッターと炎のゴブレット
難関 Class

check!

171 クィディッチ・ワールドカップには何人くらいの魔法使いが観に来ると予想された？

172 許されざる呪文の数は？

173 第二の課題が行われたのは何月？

174 ボーバトンとダームストラングの代表団がホグワーツに到着したのは何月？

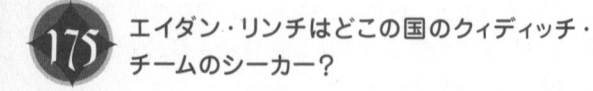

175 エイダン・リンチはどこの国のクィディッチ・チームのシーカー？

176 リータ・スキーターは何歳？

Question

難易度 ★★★ むずかしい

check!

177 クィディッチ・ワールドカップの決勝戦が行われたのは何曜日?

178 対抗試合で使われなかったドラゴンは、次のうちどれ? 中国火の玉種、ラトビアン・ロングースナウト種、ウェールズ・グリーン普通種。

179 ハリーがムーディ先生の授業を最初に受けたのは何曜日?

180 第三の課題が行われたのは何月?

181 ハリーが迷路で出くわした尻尾爆発スクリュートの長さは? 1メートル、2メートル、3メートル、4メートル?

182 魔法ゲーム・スポーツ部の部長は誰?

Question

check!

183 カスバート・モックリッジの役職は？ 魔法省大臣、小鬼連絡室・室長、ドラゴン取扱委員会・委員長？

184 ルード・バグマンが、現役時代つとめていたクィディッチのポジションはどこ？

185 コリン・クリービーの弟の名前は？

186 ボーバトンの馬車は何色？

187 コビングとは？ クィディッチの反則技、ドラゴンを飼いならす方法、魔法植物の育て方？

188 ヴォルデモートの杖から出てきた最初の幽霊は誰？

189 姿現わしの術で体の半分が置いてけぼりになることを俗に何という？ 「バ」で始まる言葉です。

難易度 ★★★ むずかしい

check!

190 クィディッチ・ワールドカップ決勝戦の審判は誰？

191 ホグワーツ城に来る途中、湖に落ちた1年生は誰？

192 ハリーが縛りつけられた墓石には、なんという名前が刻まれていた？

193 監督生用の浴室の扉を開ける合言葉は？

194 スネイプが読み上げた、ハリーに関する記事が載ってたのは、なんという雑誌？

195 フィルチがつくった、ホグワーツへの持ち込み禁止品リストで、禁止項目はいくつ？

Question

check!

196 バーティ・クラウチのおじいさんが持っていたアクスミンスター織の絨毯は、何人乗り？ ☐

197 オリンペとは誰の名前？ ☐

198 クリスマスのダンスパーティのパートナーとして、アンジェリーナ・ジョンソンを誘ったのは誰？ ☐

199 杖が最後にどんな術を使ったのか知りたいときには、どんな呪文を唱える？ ☐

200 一角獣（ユニコーン）の角は何歳ぐらいで生えてくる？ ☐

201 ドラコのバッジを押すと、どんな文字が浮かび出る？ ☐

202 万眼鏡（オムニキュラー）はいくら？ ☐

難易度
★★★
むずかしい

check!

203 ヴォルデモートの杖との繋がりが切れたら、移動キー(ポート)のところまで行くよう、ハリーに言ったのは誰?

204 ハリーとロンがトレローニー先生の授業を受けている時間、ハーマイオニーは誰の授業を受けていた?

205 人前でシリウス・ブラックの話をするとき、ハリーたちは彼のことを何と呼んでいた?

206 イギリスに空飛ぶ絨毯を密輸入しようとして捕まったのは誰?

207 ヴォルデモートとの闘いのあと、ホグワーツに戻ったハリーが最初に見た人物は誰?

208 ハーマイオニーはS・P・E・Wの入会費としていくら徴収してる?

209 ウィーズリー夫人がホグワーツの生徒だったころ、管理人を務めていたのは誰?

Question

210 三大魔法学校対抗試合(トライウィザード・トーナメント)の第一の課題で、カルカロフはハリーに10点満点中何点与えた？

211 フレッドとジョージは、ベロベロ飴(トン・タン・トフィー)の開発に何ヶ月かかった？

212 ニキビの特効薬になるのは、なんという植物から絞った膿？

213 第一の課題でビクトール・クラムが闘ったのは、どんな種類のドラゴン？

214 魔法による疾患や傷害を治療する病院の名前は？

215 オーウェン・コールドウェルは、どこの寮に入ることになった？

216 カルカロフが以前、死喰い人(デス・イーター)だったことを、ハリーは誰から聞いた？

難易度 ★★★ むずかしい

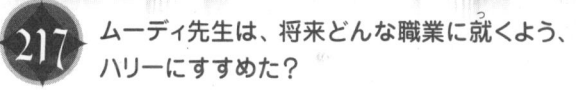

check!

217 ムーディ先生は、将来どんな職業に就くよう、ハリーにすすめた？

218 ホグワーツを首席で卒業し、魔法省の国際魔法協力部に勤務してるのは誰？

219 迷路にいたスフィンクスが出した謎の正解は？

220 ダンブルドア校長の部屋に入るための合言葉は？

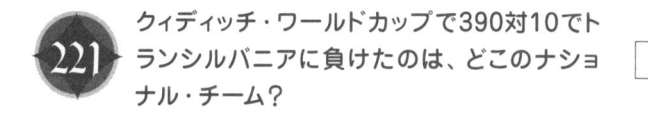

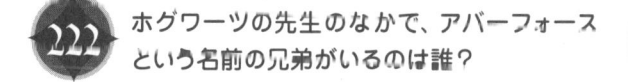

221 クィディッチ・ワールドカップで390対10でトランシルバニアに負けたのは、どこのナショナル・チーム？

222 ホグワーツの先生のなかで、アバーフォースという名前の兄弟がいるのは誰？

223 第三の課題で、セドリックにクルーシオ 苦しめの呪文をかけたのは誰？

Question しつもん

check!

224 三大魔法学校対抗試合（トライウィザード・トーナメント）の代表選手の選考が行われたのは何の日？

225 イギリスがクィディッチ・ワールドカップの開催国となったのは何年ぶりのこと？

226 第二の課題で25点しか獲得できなかったのは誰？

227 ホグワーツでドビーは週にいくらお給料をもらってる？

228 第三の課題で、バーティ・クラウチの代理として5人目の審査員を務めることになったのは誰？

229 妨害の呪いなど、さまざまな呪文の練習に明け暮れるハリーに、開いている教室を昼休みに使うことを許可してくれたのはどの先生？

難易度
★★★
むずかしい

check!

230 ハーマイオニーが夏休み中、ハリーに送ったのはどんな食べ物?

231 スリザリン寮の旗に描かれているヘビは何色?

232 第二の課題が終わった時点で、ハリーとセドリック・ディゴリーの得点はそれぞれ何点?

233 そもそも、ダンブルドア校長はドビーの給料として週何ガリオン払うつもりだった?

234 バーティ・クラウチを尋問するときに、吸魂鬼を連れていったのは誰?

235 クィディッチ・ワールドカップで、アイルランド・チームを応援するようハリー、ロン、ハーマイオニーに約束させたのは、ホグワーツのどの生徒?

236 ムーディ先生が敵のことを調べるのに使う不思議な鏡は何?

Question

check!

237 ルーピン先生やアラベラ・フィッグと連絡をとるよう、ダンブルドア校長に頼まれたのは誰？

238 フランクという名前の元闇祓いは、誰のお父さん？

239 クィディッチ・ワールドカップのとき、ルード・バグマンが自分の声が大観衆に届くよう唱えた呪文は？

240 ウィーズリー氏がダーズリー家の暖炉に火を点すのに唱えた、「イ」で始まる呪文は？

241 シリウスのいる山にハムをまるまる一個運んだふくろうは、全部で何羽？

242 クィディッチ・ワールドカップの準決勝で、ペルーを破ったのはどこのチーム？

243 マルコム・バドックはどこの寮に入れられた？

難易度
★★★
むずかしい

check!

244 ハグリッドの授業で一番たくさん金貨を見つけたのは誰のニフラー？

245 サボテンに自分の耳を移植してしまったのは誰？

246 ワームテールが自分の手を切り落とし、さらにハリーの腕を切りつけるのに使った武器は何？

247 ハリーとロンに、18世紀の小鬼(ゴブリン)の反乱についてのレポートを毎週提出させたのはどの先生？

248 ダンブルドア校長の部屋にある、溢れた思いを注ぎ込んでおく石の水盤は、なんと呼ばれるもの？

249 リドルの館の庭師をしていた男は？

250 フリドウルファとは誰のお母さんの名前？

Answer こたえ

入門クラス 難易度 ★ やさしい

1. ダドリー
2. ハーマイオニー
3. 鷲
4. 嘆きのマートル
5. ○
6. ボーバトン
7. 炎のゴブレット
8. ロン
9. ×　4番目
10. ウィーズリー夫人
11. 母親
12. ×　日刊予言者新聞
13. ビクトール・クラム
14. 卵
15. ×　消える
16. ウィンキー
17. フラー・デラクール
18. 緑
19. ディゴリー
20. トレローニー先生
21. 妖女シスターズ
22. 4メートル
23. ワームテール
24. 1000ガリオン
25. 金
26. 悪戯専門店
27. 巨人(ジャイアント)
28. ウィーズリー夫人
29. ティーポット・カバー
30. 5つ
31. ハグリッド
32. ルード・バグマン
33. 歯
34. マダム・マクシーム
35. ハリー
36. ビル
37. ウイムボーン・ワスプス
38. 巨大なクモ
39. ○
40. 箒
41. 1歳
42. ヴォルデモート
43. バーティ・クラウチ
44. リータ・スキーター
45. シリウス・ブラック
46. フレッドとジョージ
47. ハーマイオニー
48. ビクトール・クラム

49. ブルガリア	50. ムーディ先生
51. ハーマイオニー	52. ○
53. ホグワーツ	54. 移動キー(ポート)
55. 最後	56. 赤
57. アイルランド	58. ビクトール・クラム
59. コガネムシ	60. × 死喰い人(デス・イーター)
61. 水路	62. 一角獣(ユニコーン)
63. ドビー	64. 1ガリオン
65. 金色	66. 木
67. ブルガリア	68. チョウ・チャン
69. ○	70. ハーマイオニー
71. 7月	72. ハッフルパフ
73. 姿現わしの術	74. スネイプ先生
75. ドラコ	76. 青
77. ○	78. 靴下
79. 優勝杯	80. ピーブズ
81. ダンブルドア校長	82. セドリック・ディゴリー
83. 寮対抗クィディッチ試合	84. セドリック・ディゴリー
85. ○	86. 不死鳥フォークスの羽根
87. クィディッチ競技場	88. マダム・マクシーム
89. ウィンキー	90. QQQ

普通クラス　　　　難易度 ★★ ふつう

91. 13年前	92. ハグリッド
93. カナリア・クリーム	94. 紫
95. 期末試験	96. 6メートル
97. エメラルド・グリーン	98. シルバーブロンド
99. ハリー	100. 15歳

Answer こたえ

101. サメ	102. 1週間
103. 10点	104. 1年間
105. チョウ・チャン	106. 水中人（マーピープル）
107. 6メートル	108. ムーディ先生
109. 南国の鳥	110. セドリック・ディゴリー
111. 気電	112. ルード・バグマン
113. バーティ・クラウチ	114. ヴォルデモート
115. ロン	116. トロイ
117. ルード・バグマン	118. 17歳
119. フォークス	120. ハリー
121. シリウス・ブラック	122. ウガンダ
123. ヴォルデモート	124. スプラウト先生
125. ドラコ	126. ボーバトン
127. 鶏	128. 首吊り男
129. ロバーツさん	130. スネイプ先生
131. クモ	132. スネイプ先生
133. マンダンガス・フレッチャー	134. チャドリー・キャノンズ
135. ペロペロ飴（トン・タン・トフィー）	136. ハーマイオニー
137. ムーディ先生	138. 700年前
139. ゴブリディグック語	140. 泣き声が歌声のコーラスに変わった
141. 闇祓い（オーラー）	142. ダームストラング
143. フラー・デラクール	144. ヴィーラ
145. ロン	146. ムーディ先生
147. エジプト	148. オリバンダー老人
149. コーネリウス・ファッジ	150. 3個
151. 栗色	152. アルバニア

153. フラー・デラクール
154. 1人
155. 老け薬
156. ブラッジャー
157. イゴール
158. オリバー・ウッド
159. ルード・バグマン
160. ムーディ先生
161. 図書室
162. 9本
163. ウィーズリー夫人
164. 1時間
165. ネビル
166. バーティ・クラウチ
167. 1人もいない
168. ロジャー・デイビース
169. 小鬼(ゴブリン)
170. ウィーズリー・ウィザード・ウィーズ

難関クラス　　　　難易度 ★★★ むずかしい

171. 10万人
172. 3つ
173. 2月
174. 10月
175. アイルランド
176. 43歳
177. 月曜日
178. ラトビアン・ロングースナウト種
179. 木曜日
180. 6月
181. 3メートル
182. ルード・バグマン
183. 小鬼(ゴブリン)連絡室・室長
184. ビーター
185. デニス
186. パステル・ブルー
187. クィディッチの反則技
188. セドリック・ディゴリー
189. パラける
190. ハッサン・モスタファー
191. デニス・クリービー
192. トム・リドル
193. パイン・ノレッシュ
＜松の香り爽やか＞
194. 週刊魔女
195. 437項目
196. 12人乗り
197. マダム・マクシーム
198. フレッド
199. プライオア・インカンタート
直前呪文
200. 4歳

Answer こたえ

- 201. 汚いぞ、ポッター
- 202. 10ガリオン
- 203. ジェームズ・ポッター（ハリーの父）
- 204. ベクトル先生
- 205. スナッフル
- 206. アリ・バシール
- 207. ダンブルドア校長
- 208. 2シックル
- 209. アポリオン・プリングル
- 210. 4点
- 211. 6ヶ月
- 212. ブボチューバー
- 213. 中国火の玉種
- 214. 聖マンゴ魔法疾患障害病院
- 215. ハッフルパフ
- 216. シリウス・ブラック
- 217. 闇祓い（オーラー）
- 218. パーシー
- 219. 蜘蛛
- 220. ゴキブリゴソゴソ豆板
- 221. イングランド
- 222. ダンブルドア校長
- 223. ビクトール・クラム
- 224. ハロウィーン
- 225. 30年ぶり
- 226. フラー・デラクール
- 227. 1ガリオン
- 228. コーネリウス・ファッジ
- 229. マクゴナガル先生
- 230. 砂糖なしスナック
- 231. 銀色
- 232. どちらも85点
- 233. 10ガリオン
- 234. コーネリウス・ファッジ
- 235. シェーマス・フィネガン
- 236. 敵鏡
- 237. シリウス・ブラック
- 238. ネビル
- 239. ソノーラス 響け
- 240. インセンティオ 燃えよ
- 241. 3羽
- 242. アイルランド
- 243. スリザリン
- 244. ロン
- 245. ネビル
- 246. 銀色の短剣
- 247. ビンス先生
- 248. ペンシーブ 憂いの篩（ふるい）
- 249. フランク・ブライス
- 250. ハグリッド

ハリー・ポッターと炎のゴブレット
成績表

点数計算 正解の数にそれぞれの点数をかけて合計してみよう。

正解数

やさしい ×1点 → □

ふつう ×3点 → □

むずかしい ×5点 → □

合計点数

結果発表 あなたのレベルは、魔法界のペットでいうと…

650点以上
レベル　不死鳥のフォークス
もうなにも言うことはありません。あなたの魔法界レベルは向かうところ敵なし。きっとハリーもびっくりです。

649～450点
レベル　ふくろうのヘドウィグ
一問ずつ、堅実に魔法道を歩んでいるようですね。より高く、確かに上昇できるよう、今日はゆっくり休んで…。

449～250点
レベル　猫のクルックシャンクス
実力があるのに、発揮できる時とそうではない時の差が大きいようです。爪を研ぎ次回に備えましょう。

249～100点
レベル　ヒッポグリフのバックビート
ハリーを好きだという、誇り高い気持ちを忘れないで。いつかきっと、空高く舞い上がれるはずです。

99点以下
レベル　ネズミのスキャバーズ
うーん、温厚なダンブルドア先生が怒り出さないうちに、勉強しなおして…。ぜひ、再挑戦を。

魔法使い・魔女事典

ここで物語に登場する人たちについて、かんたんにご紹介しましょう。もしかしたら、問題のヒントが見つかるかもしれませんよ。

★アーガス・フィルチ
ホグワーツの管理人。ミセス・ノリスという猫を飼っている。

★アーニー・プラング
夜の騎士バスの運転手。

★アーサー・ウィーズリー
ロンの父親。魔法省のマグル製品不正取締局勤務。

★アーニー・マクミラン
ハッフルパフの生徒。

★アーマンド・ディペット
50年前のホグワーツの校長。

★アポリオン・プリングル
ウィーズリー夫人がホグワーツにいたころの管理人。

★アリ・バシール
空飛ぶ絨毯をイギリスに密輸しようとした魔法使い。

★アルバス・ダンブルドア
ホグワーツの校長。ドラゴンの血液の12種類の利用法を発見するなど偉大な経歴を誇る。

★アンジェリーナ・ジョンソン
グリフィンドールのクィディッチ・チームのチェイサー。

★イゴール・カルカロフ
ダームストラングの校長。

★ヴォルデモート
例のあの人。闇の魔法使い。ハリーの命を狙っている。

★オーウェン・コールドウェル
ハリーが4年生の時の新入生。

★オリバー・ウッド
グリフィンドールのクィディッチ・チームのキャプテン。卒業後、プロのチームと契約。

★オリンペ・マクシーム
ボーバトンの校長。かなり大柄。英語はちょっと苦手。

★変わり者のウェンデリン
火あぶりの刑で焼かれるのを楽しんでいた昔の魔女。

★ギルデロイ・ロックハート
ハリーが2年生の時の闇の魔術の防衛術の先生。

★クィレル
ハリーが1年生の時の闇の魔術の防衛術の先生。

★クラッブ
スリザリンの生徒、ドラコの子分。

★グラブリー-プランク
ハグリッドの代わりに魔法生物飼育学を教えた。

★ケイティ・ベル
グリフィンドールのクィディッチ・チェイサー。

★コーネリウス・ファッジ
魔法省大臣だがいまひとつ頼りない。

★ゴイル
スリザリンの生徒、ドラコの子分。

★ゴドリック・グリフィンドール
ホグワーツの創設者のひとり。

★コリン・クリービー
ハリーが2年生の時の新入生。ハリーの崇拝者。

★サラザール・スリザリン
ホグワーツの創設者のひとり。

★シェーマス・フィネガン
グリフィンドールの生徒。ハリーと寝室が同じ。

★ジェームズ・ポッター
ハリーの父親。ヴォルデモートに殺された。

★ジニー・ウィーズリー
ロンの1年下の妹。ハリーに憧れている。

★シニストラ
天文学の先生。

★シビル・トレローニー
占い学の先生。首から鎖やビーズ玉を何本もさげている。

★ジム・マックガフィン
ダーズリー氏が見ていたテレビニュースで天気予報を担当していた。

★ジャスティン・フィンチ-フレッチリー
ハッフルパフの生徒。マグル出身でイートン校に入る予定だった。

★シリウス・ブラック
ハリーの名付け親。アズカバンから脱獄した。黒い犬に変身することができる。

★スタン・シャンパイク
夜の騎士バスの車掌。

★スプラウト
薬草学の先生。ハッフルパフの寮監。

★セブルス・スネイプ
魔法薬学の先生、ハリーのことを目の敵にしている。

★セドリック・ディゴリー
ハッフルパフの監督生。ハリーとともに三大魔法学校対抗試合のホグワーツ代表に選ばれた。

★ダドリー・ダーズリー
ハリーのいとこ。スメルティングズ男子校の生徒。

★チャーリー・ウィーズリー
ロンの2番目の兄。ルーマニアでドラゴンの研究をしている。

★チョウ・チャン
レイブンクローのクィディッチ・チームのシーカー。ハリーが胸をときめかせている相手。

★ディーン・トーマス
グリフィンドールの生徒。ハリーと寝室が同じ。

★デニス・クリービー
コリン・クリービーの弟、ハリーが4年生の時の新入生。

★トム・リドル
50年前のホグワーツの生徒。優等生だったようだが、その正体は…。

★ドラコ・マルフォイ
スリザリンの生徒。プライドが高く陰険。灰色の目をしている。

★ニコラス・フラメル
賢者の石を創った錬金術師。イギリスのデボン州に住んでいた。

★ネビル・ロングボトム
グリフィンドールの生徒。劣等生だが薬草学だけは少し得意。

★バーサ・ジョーキンズ
魔法省につとめていたが、ヴォルデモートに殺された。

★パーシー・ウィーズリー
ロンの3番目の兄。ホグワーツを首席で卒業し、魔法省に就職。

★バーティ・クラウチ
魔法省国際魔法協力部の部長。パーシーが尊敬する上司。

★バーノン・ダーズリー
ハリーのおじさん。穴あけドリルの会社を経営している。

★パーバティ・パチル
グリフィンドールの生徒。双子の妹はレイブンクローの生徒。

★ハーマイオニー・グレンジャー
ハリーの親友。学年一の優等生。両親がマグル。

★バチルダ・バグショット
ハリーが1年生の時に買うように言われた魔法史の著者。

★ハッサン・モスタファー
クィディッチ・ワールドカップ決勝戦の審判をつとめた。

★ハリー・ポッター
11歳の時に自分が魔法使いだと知らされ、ホグワーツに入学。現在は5年生になるのを待つ夏休み中。

★パンジー・パーキンソン
ハリーと同じ学年のスリザリンの生徒。ハーマイオニーをいじめる。

★ハンナ・アボット
ハッフルパフの生徒。ハリーがホグワーツに入学した年、一番最初に組分けを受けた。

★ピーター・ペティグリュー
ハリーの父親を裏切ってヴォルデモートの味方に。ずっとスキャバーズに変身していた。

★ビクトール・クラム
三大魔法学校対抗試合でダームストラングの代表に選ばれた。ブルガリア・チームのシーカー。

★ビル・ウィーズリー
ロンの一番上の兄。エジプトのグリンゴッツで働いている。

★ビンズ
魔法史の先生。ゴースト。

★フィッグ
ダドリーの誕生日にハリーが預けられたダーズリー家の近所に住むおばあさん。

★フラー・デラクール
三大魔法学校対抗試合でボーバトンの代表に選ばれた。ヴィーラの血をひいている。

★フランク・ブライス
リドルの館の庭師。一家を殺害したと疑われた。

★フリットウィック
妖精の魔法の先生。背が小さいので、授業の時は積み重ねた本の上にのっている。

★フレッドとジョージ・ウィーズリー
ロン双子の兄。悪戯専門店を開くことを夢見ている。

★ベクトル先生
ハーマイオニーが授業を受けた数占い学の先生。

★ペチュニア・ダーズリー
ハリーのおばさん。噂好き。動物が大嫌い。

★ヘティ・ベイリス夫人
ハリーとロンが乗った空飛ぶ車を目撃したマグル。

★ペネロピー・クリアウォーター
レイブンクローの監督生。パーシーのガールフレンド。

★ペレネレ・フラメル
ニコラス・フラメルの奥さん。

★ヘルガ・ハッフルパフ
ホグワーツの創設者のひとり。

★ポピー・ポンフリー
ホグワーツの校医。怪我や病気を魔法でなおしてくれる。

★マーカス・フリント
スリザリンのクィディッチ・チームのキャプテン。

★マージおばさん
ダーズリー氏の妹。ブルドッグのブリーダーをしている。

★マクネア
ヒッポグリフの処刑のためホグワーツにやってきた。

★マダム・ピンス
ホグワーツの図書室の司書。

★マダム・フーチ
飛行訓練の先生。クィディッチの試合では審判をつとめる。

★マダム・ロスメルタ
ホグズミードのパブ三本の箒のスタッフ。

★マッド・アイ・ムーディ
ハリーが4年生の時の闇の魔術の防衛術の先生。

★マファルダ・ホップカーク
魔法省魔法不適正使用取締局の人。ハリーに手紙を送った。

★マンダンガス・フレッチャー
クィディッチ・ワールドカップのキャンプ場で死喰い人たちに壊されたテントを弁償するよう申し立てた。

★ミネルバ・マクゴナガル
ホグワーツの副校長。変身術の先生。グリフィンドールの寮監。

★ミランダ・ゴズホーク
ハリーが2年生の時に用意するように言われた基本呪文集(二学年用)の著者。

★ミリセント・ブルストロード
ハーマイオニーがポリジュース薬を使って変身しようとしたスリザリンの生徒。

★メイソン夫妻
ダーズリー家に招待された取引先の土建屋の夫婦。

★モリー・ウィーズリー
ロンの母親。隠れ穴に住んでいる。怒ると怖い。

★ラベンダー・ブラウン
グリフィンドールの生徒。ビンキーというウサギを飼っていた。

★リー・ジョーダン
フレッドとジョージの親友。クィディッチの試合時には解説を担当。

★リータ・スキーター
日刊予言者新聞の女性新聞記者。43歳。

★リーマス・J・ルーピン
ハリーが3年生の時の闇の魔術の防衛術の先生。

★リリー・ポッター
ハリーの母親。ヴォルデモートに殺された。

★ルード・バグマン
魔法省魔法ゲーム・スポーツ部の部長。クィディッチの元プロ選手。

★ルシウス・マルフォイ
ドラコの父親。ホグワーツの理事をつとめていた。

★ルビウス・ハグリッド
ホグワーツの鍵の番人。ハリーが4年生の時に魔法生物飼育学の授業を担当することに。

★ロウェナ・レイブンクロー
ホグワーツの創設者のひとり。

★ロジャー・デイビース
レイブンクローのクィディッチのキャプテン。

★ロバーツ
クィディッチ・ワールドカップが開催された時、魔法使いたちが利用したキャンプ場の管理人。

★ロン・ウィーズリー
ハリーの親友。赤毛。スキャバーズというネズミを飼っていた。現在のペットは豆ふくろうのピッグ。

ハリー・ポッター
クイズ
QUIZ 1000

編　　　者	ホグワーツ魔法クイズ研究会
イラスト	飯田正美
本文デザイン	河石真由美
カバーデザイン	ツトムヤマシタ
発　　　行	株式会社　二見書房 〒112-8655 東京都文京区音羽1−21−11 TEL.03(3942)2311【営業】 　　03(3942)2315【編集】
印　　　刷	堀内印刷株式会社
製　　　本	株式会社　明泉堂

ISBN4-576-02211-3　　© 2002 FUTAMI SHOBO